# GUNGUNHANA

Ualalapi | As mulheres do Imperador

**VOZES DA ÁFRICA**

UNGULANI BA KA KHOSA

# GUNGUNHANA

Ualalapi | As mulheres do Imperador

**kapulana**

São Paulo
2018

Copyright © 2017 Ungulani Ba Ka Khosa
Copyright © 2018 Editora Kapulana Ltda. – Brasil

A editora optou por adaptar o texto para a nova ortografia da língua portuguesa de expressão brasileira. (Acordo Ortográfico da Língua Portuguesa – decreto nº 6.583, de 29 de setembro de 2008).

No título deste livro, utilizou-se a grafia "Gungunhana", mais reconhecida pelos leitores portugueses e brasileiros. No corpo do texto, porém, o Autor usa esta forma, mas também a grafia "Ngungunhane", própria da língua *nguni*.

|  |  |
|---|---|
| Direção editorial: | Rosana M. Weg |
| Projeto gráfico: | Daniela Miwa Taira |
| Capa: | Mariana Fujisawa |

Dados internacionais de Catalogação na Publicação (CIP)
(Câmara Brasileira do Livro, SP, Brasil)

Khosa, Ungulani Ba Ka
 Gungunhana; Ualalapi; As mulheres do Imperador/ Ungulani Ba Ka Khosa. -- São Paulo: Kapulana, 2018. -- (Série vozes da África)

 ISBN 978-85-68846-42-1

 1. Ficção moçambicana (Português) 2. Gungunhana, 1850-1906 - Imperador de Gaza - Ficção I. Título. II. Título: Ualalapi. III. Título: As mulheres do imperador. IV. Série.

18-21024                                             CDD-M869.3

Índices para catálogo sistemático:
1. Ficção: Literatura moçambicana em português    869.3

Iolanda Rodrigues Biode - Bibliotecária - CRB-8/10014

Reprodução proibida (Lei 9.610/98).
Todos os direitos desta edição reservados à Editora Kapulana Ltda.
Rua Henrique Schaumann, 414, 3º andar, CEP 05413-010, São Paulo, SP, Brasil
editora@kapulana.com.br – www.kapulana.com.br

**APRESENTAÇÃO** ........ 07
*Ualalapi: a narrativa e os ciclos*, de Rita Chaves ........ 09

**NOTA DO AUTOR** ........ 13

FRAGMENTOS DO FIM (1) ........ 21

***UALALAPI*** (de 1987; revisto e atualizado) ........ 23

FRAGMENTOS DO FIM (2) ........ 42
A morte de Mputa ........ 43

FRAGMENTOS DO FIM (3) ........ 51
Damboia ........ 54

FRAGMENTOS DO FIM (4) ........ 66
O cerco ou Fragmentos de um cerco ........ 68

FRAGMENTOS DO FIM (5) ........ 79
O diário de Manua ........ 80

FRAGMENTOS DO FIM (6) ........ 93
O último discurso de Ngungunhane ........ 94

**AS MULHERES DO IMPERADOR** (2017) ........ 107

*As Mulheres do Imperador: Entrelaces de Histórias e Estórias*,
de Carmen Lucia Tindó Secco ........ 221

**O AUTOR** ........ 226

# Apresentação

A Editora Kapulana apresenta ao leitor brasileiro a emocionante obra de ficção literária moçambicana: *Gungunhana – Ualalapi e As mulheres do Imperador*, de um dos maiores escritores da atualidade, Ungulani Ba Ka Khosa.

A reunião de dois livros em um só volume – o clássico *Ualalapi* (de 1987) e o recém-lançado *As mulheres do Imperador* (2018) – não é simplesmente fruto de projeto técnico, mas intenção literária do autor que nos conduz, com habilidade e sensibilidade, da sua primeira criação ficcional à sua criação mais recente, 31 anos depois.

Ao colocar esses dois livros em conversa dentro da mesma obra, Ungulani convida o leitor a fazer uma viagem literária pelo tempo e pelo espaço moçambicanos. Primeiramente, em *Ualalapi*, somos levados a acompanhar a ascensão e queda de Gungunhana, Imperador de Gaza. A seguir, o foco é dirigido para o caminho de volta do exílio das Mulheres do Imperador.

A Editora Kapulana agradece ao autor pela oportunidade de publicar no Brasil obra tão marcante, e pela atenção e carinho que dedicou à releitura e à revisão dos textos.

A Kapulana também apresenta agradecimentos às incansáveis pesquisadoras Carmen Lucia Tindó Secco e Rita Chaves, pelos preciosos textos de reflexão sobre o livro de Ungulani, que fazem parte da presente edição.

São Paulo, 07 de agosto de 2018.

# *Ualalapi*: a narrativa e os ciclos

Publicado pela primeira vez em 1987, *Ualalapi* permanece mobilizando corações e mentes à volta de debates que, entre outros aspectos, exprimem a dinâmica histórica de Moçambique, um país atravessado por muita instabilidade e uma grande capacidade de resistir. A longa noite colonial, a difícil luta pela independência, os sucessivos conflitos que vêm atravessando décadas e a intensa pobreza que quase inviabiliza a vida de seus habitantes têm como contraface uma notável pluralidade cultural e uma imensa vocação para se reinventar. Ungulani Ba Ka Khosa, o autor dessa narrativa e muitos outros títulos, inscreve-se nesse contexto, procurando de diversas maneiras balançar qualquer cordão de isolamento erguido para separar as tintas e disciplinar as cores. Sua opção ao longo dos anos tem sido o caminho da insubmissão no exercício de uma escrita que se demarca de versões cristalizadas pelo discurso hegemônico.

Reeditado entre nós em muito boa hora pela Kapulana, *Ualalapi* é um bom exemplo desse desassossego que marca o itinerário do autor em sua circulação pelos gêneros literários e em seu compromisso com os modos de ler a História enfrentando com energia os perigos de sua petrificação. Mesmo a afirmação que escolhe como epígrafe "A História é uma ficção controlada", colhida à romancista portuguesa Agustina Bessa Luís, em sua narrativa convida à discussão. Em um momento pulsante da vida do recém-fundado país, Ungulani vai buscar uma figura histórica escolhida pelo novo poder para ser uma espécie de mito fundador da nacionalidade e investe no desvendamento das contradições dessa hipótese que o discurso político elegia. Nas páginas em que desfilam passagens decisivas da vida de Gungunhana, o sentido da resistência desse imperador que lutou bravamente contra a invasão colonial é emoldurado pelas cenas que nos trazem as invasões protagonizadas pelo próprio na expansão de seu império. Uma espécie de convulsão percorre o tempo captado, levando-nos logo à desmitificação da ideia de harmonia que ainda frequenta o imaginário sobre o período pré-colonial e exporta uma equivocada ideia do continente. Contaminada pela violência dos fatos, a escrita se apoia em expressões fortes, reveladoras da dimensão dos conflitos que estavam no cotidiano daquele espaço. Se, por um lado, dilui-se o mito da paz harmônica entre os africanos antes da chegada dos invasores, por outro lado, as ações revelam o africano como sujeito ativo, desfazendo a noção de passividade que a literatura colonial desejou perpetuar. Aqui, não nos vemos diante de elementos do cenário – como podemos encontrar até mesmo em textos paradigmáticos do cânone ocidental – mas de homens em confronto com adversários. E, ao perderem, pagam o alto preço da derrota. São de qualquer forma, homens inteiros, empenhados em suas lutas, agentes de sua própria história.

As notas da originalidade que tocam o enredo são amplificadas na estrutura da obra que se nutre de elementos variados, que vão da incorporação de passagens bíblicas ao aproveitamento de provérbios africanos, propondo um diálogo refratário à rigidez de limites entre os vários patrimônios culturais que constroem Moçambique no presente. A montagem dos fragmentos aponta para um desenho peculiar que barra, à partida, a rápida identificação de um gênero literário. Assim, em sua interdependência, as partes que compõem o todo, combinam-se em sua autonomia e nos fazem indagar se o que nos apresenta é um romance ou um conjunto de contos, questão que não precisa ser respondida e aguça o interesse da obra, pois nos coloca de frente para a reinvenção de modelos estéticos, compromisso com que os escritores africanos têm lidado e do qual desdobram-se diferentes soluções.

A presença de matrizes da oralidade é apenas uma das chaves para esse processo que resulta na mesclagem entre bens de raiz e valores trazidos com a colonização.

A desmitificação de um dos heróis sagrados pela História que a voz dominante da independência quer disseminar exprime-se na força de uma escrita hiperbólica, que, em certa medida, reforça a função conativa e espelha um desejo de convencimento. Desse modo, insinua-se a disputa de versões presentes na construção da narrativa histórica que dá corpo ao discurso da nacionalidade. A pluralidade etno-linguística, por um lado, a ocupação recente do território colonial e, consequentemente, a tardia definição do mapa moçambicano explicam a instabilidade do terreno, no plano físico e no domínio cultural, tudo a projetar-se em uma linguagem carregada de energias. Na voz do narrador e nas falas das personagens se fazem notar sinais de uma inegável aspereza refletida na escrita por uma adjetivação empenhada em banir qualquer hipótese de estabilidade.

Ao trazer as pontas de uma história constituída sobre abalos, o escritor busca demonstrar os limites de medidas que não considerem a profundidade das fendas que os tempos impuseram ao espaço que hoje é Moçambique. Em 1985, após uma longa negociação com instituições portuguesas, o governo do país independente recupera o que seriam as cinzas de Gungunhana e, ao transportá-las solenemente de volta à terra da qual ele foi levado como símbolo da conquista colonial, pretende consagrá-lo entre os heróis da libertação. A reorganização da memória coletiva centrada na revisão de verdades plantadas pela dominação estrangeira integrava o programa da FRELIMO, a Frente de Libertação de Moçambique, em evidente coerência com o projeto de nacionalidade que a independência animava. Ao escrever *Ualalapi*, seu autor, sem dúvida, mostra-se atento a uma das funções da literatura: a de colocar em causa a horizontalidade das narrativas políticas e, assim, manter aceso o debate que atesta a vivacidade das questões éticas e a necessidade de projetos estéticos capazes de acusar a transitoriedade de pensamentos que se querem únicos e definitivos. Penetrando na linguagem, a noção de descontrole parece dominar a atmosfera para sugerir a iminência de novos ciclos, afinal, como evocaria outro escritor africano, o angolano Pepetela em *A geração da utopia*: "só os ciclos são eternos". Se é verdade que a nação precisa de monumentos, e a história de todos os países não nos brinda com exemplos contrastantes, Ungulani Ba Ka Khosa nos recorda que a literatura só faz sentido como movimento, compromisso que ele tem abraçado ao longo de uma já extensa travessia.

Maputo, 23 de julho de 2018.

**RITA CHAVES**
Professora Doutora do Depto. de Literaturas Africanas de Língua Portuguesa (FFLCH-USP) e pesquisadora do CELP-FFLCH-USP (Centro de Estudos das Literaturas e Culturas de Língua Portuguesa - FFLCH-USP)

# Nota do autor

É verdade irrefutável que Ngungunhane foi imperador das terras de Gaza na fase última do império. É também verdade que um dos prazeres que cultivou em vida foi a incerteza dos limites reais das terras a seu mando. O que se duvida é do fato de Ngungunhane, um dia antes da morte, ter chegado à triste conclusão de que as línguas do seu império não criaram, ao longo da sua existência, a palavra "imperador".

Há quem diga que esta lacuna foi fatal para a sua vida, debilitada pelos longos anos de exílio.

Saltará à vista do leitor, ao longo da(s) história(s), a utilização propositada e anárquica das palavras "imperador", "rei" e "hosi" – nomeação em língua tsonga da palavra "rei".

*À memória de minha mãe*

"Entre estes vinha o Ngungunhane que conheci logo, apesar de nunca lhe ter visto retrato algum; era evidentemente o chefe duma grande raça... É um homem alto... e sem ter as magníficas feições que tenho notado em tantos seus, tem-nas, sem dúvida, belas, testa ampla, olhos castanhos e inteligentes e um certo ar de grandeza e superioridade..."

Ayres d'Ornellas

"Era um ébrio inveterado. Após qualquer das numerosas orgias a que se entregava, era medonho de ver com os olhos vermelhos, a face tumefacta, a expressão bestial que se tornava diabólica, horrenda, quando nesses momentos se encolerizava..."

Dr. Liengme

"Só direi que admirei o homem, discutindo durante tanto tempo com uma argumentação lúcida e lógica..."

Ayres d'Ornellas

"...mas toda a sua política era de tal modo falsa, absurda, cheia de duplicidade, que se tornava difícil conhecer os seus verdadeiros sentimentos".

Dr. Liengme

"A História é uma ficção controlada."
Agustina Bessa-Luís

# FRAGMENTOS DO FIM (1)

Nada no momento pode dar uma pálida ideia da magnificência do hino, da harmonia do canto, cujas notas graves e profundas, vibradas com entusiasmo por seis mil bocas, faziam-nos estremecer até ao íntimo.

Que majestade, que energia naquela música ora arrastada, ora lenta, quase moribunda, para ressurgir triunfante num frémito de ardor, numa explosão queimante de entusiasmo! E à medida que as mangas se iam afastando, as notas graves iam dominando, ainda por largo espaço, rebolando pelas encostas e entre as matas de Manjacase. Quem seria o compositor anónimo daquela maravilha? Que alma não teria quem soube meter, em três ou quatro compassos, a guerra africana, com toda a acre rudeza da sua poesia? Ainda hoje nos "cortados ouvidos me ribomba" o eco do terrível canto de guerra vátua, que tantas vezes o esculca chope ouviu transido de terror, perdido por entre as brenhas destes matos…

Ayres d'Ornellas
"Cartas de África"

# UALALAPI

*Ao Eric e à Damboia Ndangalila*

Ualalapi

I

Quando chegaram a um dos outeiros mais próximos da aldeia os guerreiros suspiraram de alívio ao contemplar as casas esparsas por entre as árvores de raízes seculares, imersas num silêncio profundo, próprio daquela hora em que o sol ultrapassava majestosamente a metade do céu sem nuvens, atirando os raios que causticavam os rostos, os dorsos e os troncos nus dos guerreiros, cobertos da cintura à parte superior das coxas por peles de animais bravios.

Ualalapi, à frente dos guerreiros, percorreu com um olhar a aldeia e pensou no doro, nome que leva o pombe[1] preparado nestas terras dos Mandaus, a entrar pelas goelas abaixo, com um bom naco de carne, à sombra da frondosa árvore, tendo defronte a mulher atiçando o fogo e o filho brincando, enquanto a noite entrava, calma, trazendo consigo a lua cortada e as vozes mais distantes de outros homens que seroavam, pervagando pelo mundo dos feitos nguni, em tempos de guerra e de paz.

Sorriu para os guerreiros que o acompanhavam, carregados de carne fresca, resultado da matança feita no interior das terras, e iniciou a descida por um carreiro sinuoso, alheio ao roçar insistente dos arbustos de metro e meio que se erguiam nas margens quando, a meio da descida, susteve o passo, obrigando os outros a parar e a aproximar-se, ladeando-o.

Dois pangolins, animais de mau agouro, reluziam ao sol numa atitude de completa sonolência, a meio do carreiro. Ualalapi olhou de soslaio os guerreiros que o ladeavam e viu os mesmos olhos brilhantes, trementes, claros, ausentes. Nada disse. Passou a mão pela carne fresca, sinal de fartura e de bons presságios, e

---

[1] **pombe**: espécie de cerveja tradicional de Moçambique.

atirou os olhos aos pangolins, animais agourentos como já ficou dito. E todos, como que petrificados pela imagem infausta, permaneceram na mesma posição, sentindo o sol a fulminar-lhes os corpos e os arbustos a atirar os ramos mais atrevidos que se dobravam ao contato com os corpos, durante minutos prolongados, até que os pangolins, recobrando as forças, se retiraram do carreiro, deixando-o livre à passagem dos homens e à flutuação do pensamento que a todos atingiu.

Ualalapi pensou no filho e viu-o tirar da parede maticada o escudo de tantas batalhas. Mas por que o filho, pensou, e não a mãe do filho que sempre lhe ofertou o corpo em noites de luar e em momentos por vezes impróprios à fornicação? Passou a mão pelo cabelo, tirou uma folha silvestre, olhou para as aves que voavam silenciosas, e sentiu um pequeno tremor no corpo. Não, ela não pode ser, pensou, deixei-a sã de corpo e espírito. E como mulher, mulher nguni, ela vaticina o seu destino. O meu filho também não, é impossível, pois como pode uma criança de pai e mãe nguni morrer inesperadamente aos dois anos, sem que esteja adestrada no trato das armas como os pais e avós? Não, é impossível, à sua família os ventos do infortúnio não chegarão tão já. Talvez a estes guerreiros, pensou, e viu-os cabisbaixos, como se temessem que a terra se lhes abrisse aos pés, tropeçando por tudo e por nada. A estes também não, pertencem ao vulgo, e ao vulgo a infelicidade sempre lhe surgiu, desde o princípio dos tempos, sem enigmas, às claras, como as suas vidas vulgares e sem história e destino senão o de nascerem para servirem aos superiores até à morte. A quem se dirige então este enigma se outra família não tenho que mulher e filho? Olhou para os guerreiros e viu-os na mesma posição rememorativa, pensando nas mulheres e nos filhos, ou nos pais e avós, atirados pelo império sem fim.

## Ualalapi

Enquanto pensavam nisto e naquilo, recordando coisas antigas e presentes, ligadas aos enigmas que a natureza coloca aos homens sem piedade, estugavam o passo em direção à aldeia que se avizinhava, deserta nas suas ruelas, sem outros ruídos que o rumorejar crescente das folhas das árvores e o altear desordenado da fumaça que saía em algumas cubatas onde o fogo teimava em agarrar-se aos troncos que a cinza atacava.

Aproximaram-se da cubata mais próxima e Ualalapi adiantou-se. Uma mulher de meia-idade, sentada defronte à casa, amamentava uma criança.

— O que se passa, mãe? — perguntou Ualalapi, agachando-se e pondo a lança ao alcance da mão direita.

— Os mochos teimaram em serandar sobre as casas, chiando a toda a hora e trazendo os espíritos há muito adormecidos que perturbaram as nossas mentes e deram a morte a alguns — disse a mulher com um ar cansado, preocupada com o filho que mexia desordenadamente os pés e os olhos, tentando afastar as moscas que teimavam pousar.

— Morreu alguém da sua família?

— O meu marido.

— Lamento imenso, mãe... Lamento imenso. E os homens, por onde andam os homens?

— Quem terá coragem de andar nestes tempos?... Falam com os seus muzimos[2]. Não morreu um homem, morreu o império.

— Quem mais é que morreu?

— Sabê-lo-ás. Os chefes como tu aguardam Mudungazi na praça.

— Certo. De que é que morreu o seu marido?

— De susto. Mas que importância tem a formiga perante o elefante?

---

[2] **muzimos**: espíritos dos antepassados.

– Quantas vezes a formiga não matou o elefante, mãe?
– E quantas vezes o crocodilo saiu da água, homem?
– Obrigado, mamã – disse Ualalapi, perturbado. Soergueu-se, agarrou na lança e virou-se para os guerreiros que o olhavam, cansados de esperar: – Ide guardar a carne e esperai qualquer ordem. Eu vou até à praça – e largou-os sem mais delongas, caminhando célere e alheio ao vento que ia levantando grãos de areia e folhas dispersas pelo chão, formando pequenos remoinhos que se alteavam em círculos desordenados, tocando amiúde o corpo de Ualalapi, coberto por uma camada de sangue e restos de folhas silvestres que se despegavam do corpo com a força do vento que carregava um cheiro estranho, sentido na zona nos tempos imemoriais em que homens de outras tribos viram as casas aluir com a força do vento e da chuva que cobriu a terra e os arbustos de água lodosa e cheirosa no momento que acabavam de enterrar um rei de Manica que vaticinado pelo seu swikiro – nome que os médiuns chonas levam – não tivera outro tempo de governação que o número de dias iguais aos dedos que as suas mãos carregavam. Mas foi tempo suficiente para medrar com as lautas refeições que pararam no dia fatídico em que morreu de congestão.

E Ualalapi pisava agora, a caminho da praça, o local onde o corpo do rei estivera estendido, no interior de uma cubata, sob o olhar atento dos maiores do reino que tinham o dever de assistir à putrefação do corpo para que os espíritos malvados não se apossassem de partes do corpo, aguentando durante dias e noites o cheiro insuportável da carne podre cujos líquidos caíam em vasilhas preparadas para o efeito.

Ualalapi levou a mão direita às narinas e entrou na praça. Olhou para o céu e viu as nuvens escuras e pesadas a descer das alturas. O vento zurzia as árvores altas e baixas. Acercou-se de Mputa, guerreiro que morreria de forma estúpida e inocente, mas

cujo rosto permaneceria na memória de todos, como o afirmaram ao pressagiarem o seu destino, sem, no entanto, detalharem as causas da sua morte, pois de histórias em que entram reis e rainhas, todos se apartam, até os swikiros que tudo prenunciam.
– O que é que se passa, Mputa?
– Morreu Muzila.
– Como?
– Dizem que morreu de doença, pois há várias noites que não tirava os olhos do teto da sua casa.
– Uma morte desumana para o nguni.
– Há quem afirme que o pai morreu da mesma forma.
– Não era o desejo deles, Mputa.
– Conheço poucos reis que morreram em batalhas.
– Mas todos afirmam que é a melhor morte.
– Quando se referem aos guerreiros.
– Pensas muito depressa.
– A guerra assim nos ensina, Ualalapi.
– Tens razão... Sentes este cheiro?
– É o cheiro da morte. Quando um rei morre, alguns súditos devem acompanhá-lo.
– Falei com uma mulher que perdeu o marido.
– Houve outras mortes por aí. A velha Salama quando soube da morte do rei dirigiu-se a uma das margens do rio e esperou pelos crocodilos dos seus antepassados que a vieram buscar meia hora depois de ela ter estado, sentada, contemplando as águas do rio. O velho Lucere morreu durante a sesta, devorado pelas formigas-gigantes que não deixaram um bocado de carne do seu corpo velho. Chichuaio, ao entrar em casa, viu-se rodeado de serpentes que lutaram pela posse do corpo. E há mais casos, é sempre assim.
– Eu sei, mas é incrível! Há quanto tempo aguardam Mudungazi?

– Desde o entrar da tarde. Este cheiro incomoda...
– É dos mortos há muito desaparecidos, Mputa.
– Os ossos não cheiram, Ualalapi.
– Mas os espíritos tudo podem fazer.
– Tens razão. Levantemo-nos. Mudungazi vai aparecer. A caça que tal foi?
– Boa. Há muita carne.
– Fartura no meio da desgraça.
– É isso – disse Ualalapi, limpando o corpo. As nuvens que ameaçavam a aldeia começaram a afastar-se, carregando o vento e o cheiro da morte que pairou sobre a aldeia durante a semana em que Ualalapi esteve no interior das terras de Manica.

## II

Numa voz entrecortada, chorosa, mas que ia ganhando força ao longo do discurso, como é próprio das pessoas que têm a mestria de falar para o povo, Mudungazi começou o seu discurso perante os chefes guerreiros afirmando que as coisas da planície não têm fim.

– Há muitas e muitas colheitas que aqui chegamos com as nossas lanças embebidas em sangue e os nossos escudos fartos de nos resguardarem.

Ganhamos batalhas. Abrimos caminhos. Semeamos milho em terras sáfaras. Trouxemos a chuva para estas terras adustas e educamos gente brutalizada pelos costumes mais primários. E hoje essa gente está entre vocês, nguni!

Este império sem medida ergueu-o o meu avô depois de batalhas incontáveis em que sempre triunfou. Nele espalhou a ordem e os costumes novos que trouxemos. E ao morrer indicou o seu filho Muzila, meu pai, como sucessor. Muzila tinha um coração de homem.

Era bondoso. E muitos aproveitaram-se da sua bondade. Entre eles Mawewe, seu irmão, que no meio de cabalas vergonhosas quis e conseguiu usurpar o poder sem anuência dos espíritos e dos maiores do reino que tinham aceito Muzila como sucessor, pois fora ele o primeiro a abrir a sepultura onde o seu pai repousaria para todo o sempre. Mas Mawewe esqueceu-se disso e tomou o trono por um tempo que a história não registrará e se registrar será com a perfídia estampada no rosto desse homem que não ouso chamar tio.

Nesse tempo, meus guerreiros, a terra cobriu-se de cadáveres inocentes e as águas tomaram a cor do sangue durante semanas e semanas, levando pessoas a beber o sangue dos seus irmãos mortos por não suportarem a sede que os atormentava. E tudo por teimosia de Mawewe em se manter no poder.

Muzila morreu, meus guerreiros. À beira da morte indicou-me como seu sucessor. A sua sepultura deverá ser aberta por mim.

Acham que a história se vai repetir?

Os guerreiros, num compasso preciso, bateram os escudos de pele na terra e disseram "não".

— Estais comigo — disse Mudungazi —, não pela fidelidade para comigo, mas por terem acatado as minhas palavras. Esperava isso de vocês.

Susteve o discurso por momentos e percorreu com o olhar raiado de sangue os guerreiros, que se mantinham em silêncio. O sol caía. O vento estava calmo. Nuvens brancas sobrepunham-se às nuvens escuras no céu azul.

— O meu irmão Mafemane — prosseguiu — vive a uns quinze quilômetros daqui. Consta-me que se prepara para partir a fim de abrir a sepultura do meu pai. A história não deve repetir-se. O poder pertence-me. Ninguém, mas ninguém, poderá tirar-mo até à minha morte. Os espíritos pousaram em mim e acompanham-me, guiando as minhas ações lúcidas e precisas. E não irei permitir que haja a mesma carnificina como no tempo da entronização de Muzila, porque irei atuar já. Os homens que não me conhecem, conhecer-me-ão. Não vou partilhar o poder. Ele pertence-me desde que nasci do ventre de Lozio, minha mãe, a mulher preferida de Muzila. E serei temido por todos, porque não me chamarei Mudungazi, mas Ngungunhane, tal como essas profundas furnas onde lançamos os condenados à morte! O medo e o terror ao meu império correrão séculos e séculos e ouvir-se-ão em terras por vocês nunca sonhadas! Por isso, meus guerreiros, aguçai as lanças. Teremos que limpar, o mais urgente possível, o atalho por onde caminharemos, para que não possamos tropeçar com possíveis escolhos.

Assim finalizou Mudungazi o contato com os guerreiros. A noite entrava. Seguido pela tia, de nome Damboia, Mudungazi dirigiu-se à palhota grande, bamboleando as carnes fartas que pouco mudariam até à morte que teria em águas desconhecidas, envolto em roupas que sempre rejeitara e no meio de gente da cor do cabrito esfolado que muito se espantara por ver um preto.

## III

— Tens o hábito de subires as árvores pelos ramos, Mudungazi.
— Entenderam, Damboia.
— Duvido.
— A um guerreiro só se mostra o alvo.
— E por que não indicaste o homem que deve executá-lo?
— Fá-lo-ei ao raiar do dia. E não te preocupes com Mafemane: os abutres já se preparam para devorá-lo. Bebamos o doro pela

minha ascensão ao poder deste império.
— À tua saúde, Ngungunhane.
— É isso: Ngungunhane. Serei para todo o sempre Ngungunhane e morrerei de velhice. Assim o quiseram os espíritos.

— O que é que se passa, Ualalapi?
— Morreu Muzila.
— Sei. Mas o que é que Mudungazi disse?
— Mafemane deve morrer.
— Pela porta da casa entra um de cada vez.
— E o outro espera no terreiro.
— Ah... os homens sempre evitam dar as costas a alguém. É perigoso.
— Nem sempre. Mas quem o vai matar?
— Estás muito preocupada. Esquece isso. A água para o banho está pronta?
— Está no lume. Esta situação preocupa-me.
— Por quê?
— Tive sonhos esquisitos.
— É normal em dias de luto.
— Sonhei com a tua morte.
— Minha morte?
— Sim.
— Como é que morri no sonho?
— Morreste andando. A tua voz sustinha o teu corpo sem vida. Eu e o teu filho morremos afogados pelas lágrimas que não pararam de sair dos nossos olhos.
— Incrível, mas nada disso vai acontecer, mulher.
— Estou com medo, Ualalapi. Estou com medo. Vejo muito sangue, sangue que vem dos nossos avós que entraram nestas terras matando e os seus filhos e netos mantêm-se nela matando

também. Sangue, Ualalapi, sangue! Vivemos do sangue destes inocentes. Por que, Ualalapi?...
– É necessário, mulher. Nós somos um povo eleito pelos espíritos para espalhar a ordem por estas terras. E é por isso que caminhamos de vitória em vitória. E antes que o verde floresça é necessário que o sangue regue a terra. E neste momento não te deves preocupar com nada, pois estamos em tempo de paz e luto.

– E os teus irmãos, Mudungazi?
– Quais?... Como Anhane Mafabaze?
– Sim.
– Não terão coragem de se opor às minhas ordens. O perigo está com Mafemane. Esse é que deve morrer.

– Se te indicarem para matares Mafemane não aceites, Ualalapi.
– Talvez não seja eu a pessoa indicada. Mas por quê?
– Temo pela tua vida, Ualalapi.
– Não te preocupes. Eu só morrerei em combate, como o meu pai, que com quatro lanças enterradas no peito teve a coragem única de arremessar a lança que hoje utilizo no peito de um tsonga a uns dez metros de distância. Só morrerei em combate, mulher. É o meu destino, é o destino de todos os grandes guerreiros nguni.
– Não te enganes, Ualalapi. Muitos foram os guerreiros que morreram de forma estúpida e sem estarem em combate. Sereko, que tanta gente matou em combate, morreu com uma mordidela de serpente enviada pelo avô descontente. Makuko morreu no mato, defecando sem parar durante quinze dias seguidos. E quando o encontraram, já morto, a merda ainda lhe saía do corpo. Tiveram que o enterrar com a merda que não parava de sair. E tu não podes fugir a isso. Também se morre fora de combate. E eu tenho medo, Ualalapi.

— É um sonho, mulher.
— E quantas vezes errei nos meus sonhos?
— Podes ter razão, mas se for para morrer, como poderei fugir ao destino?
— Não fales assim. Exasperas-me. O que te peço é que recuses a ordem de matares Mafemane.
— Devo a fidelidade a Mudungazi.

## IV

O sol não queimara ainda o orvalho quando Manhune e os guerreiros a seu mando se aproximaram da aldeia de Mafemane, pondo-se à escuta de sinais de partida. Mas o silêncio, o mesmo silêncio que a todos tocava naqueles dias de luto, cobria as palhotas de Mafemane e os seus homens e mulheres. Nas ruelas nada se via para além de pequenas folhas e bocados de bilhas partidas, esparsas pelo chão. Manhune deixou grande parte dos guerreiros que o acompanhavam e levou dois à casa de Mafemane, que se erguia no centro da aldeia. Algo os atemorizava naquele silêncio, pois ao caminharem para o centro da aldeia não ouviam outros ruídos do som dos pés nus calcando a terra úmida. Mafemane, alto, imperturbável, estava defronte à sua casa, de pé, com as mãos cruzadas no peito largo e forte.
— Esperava-os — disse Mafemane, aproximando-se de Manhune. — Sei que Muzila morreu. Sei também que o meu irmão foi escolhido como sucessor, apesar de eu ser o filho primeiro da inkonsikazi de Muzila, Fussi. O trono pertence a Mudungazi. Sei também que vieste com ordens para me matar. Estou preparado para morrer. Mas peço-vos que me deixeis despedir das minhas mulheres e dos meus filhos. Vinde ao cair do dia.

As palavras, como que vindas das alturas, entraram na mente de Manhune e dos guerreiros com tanta clareza que ficaram petrificados pela calma e a serenidade de Mafemane. Este sorriu e fixou-os. Os olhos eram transparentes, brilhantes, chocantes. Sem conseguirem responder, os homens de Mudungazi começaram a recuar, com os olhos postos em Mafemane. Manhune tropeçou, caiu, levantou-se, deu costas a Mafemane e pôs-se a andar num passo tão rápido que os guerreiros que o esperavam ficaram surpresos e perturbados.

– O que é que se passa, Manhune?

– Não me perguntem nada. Vamos, vamos à nossa aldeia.

E pôs-se à dianteira. Chegados à aldeia, tentaram explicar a Mudungazi o que viram e ouviram, mas Damboia, com os olhos reluzentes, interpôs-se, vituperando-os como ninguém fizera desde os tempos em que aprenderam a manejar as armas. E para eles o exprobro tornava-se insustentável por vir da boca de uma mulher, uma mulher com má fama, apesar de ser da corte.

– É esta a guarda de elite com que contas, Mudungazi?... Uma cáfila de covardes, cães que só sabem ladrar. Que fidelidade jurastes para Mudungazi? Que fidelidade, seus cães?... Não, não me respondam, não tendes direito à palavra. Devíeis ser entregues aos abutres. É isso que merecem, crianças, filhos malparidos! Vindes aqui tentar convencer-nos que Mafemane, sabendo da sua morte, quis despedir-se das mulheres e filhos. Por que não fê-lo antes? Ah, seus cães, imbecis, estúpidos, crianças sem juízo!... Mafemane prepara-se para fugir, e já deve ter partido. Estúpidos. E tu, Mudungazi, ainda tens coragem de dar guarida a cães que só sabem ladrar? No teu lugar, matava-os... Não percamos mais tempo com esses estúpidos. Vai, Maguiguane, Mputa e Ualalapi. E levem os guerreiros que quiserem. Mas não apareçam nesta aldeia sem o corpo de Mafemane,

nem que tenham que fazer desaparecer a floresta que voz rodeia. Avancem!
A mulher de Ualalapi acompanhou com o olhar o marido até este desaparecer na floresta. Pegou no filho e começou a chorar mansamente. Entrou na cubata e não mais saiu até a morte do filho e dela, afogados pelas lágrimas que não pararam de sair dos olhos desorbitados durante onze dias e onze noites.

Ualalapi, longe dos tormentos da mulher, aproximou-se da aldeia de Mafemane. O sol tornara à cor vermelha. A tarde fugia. Ao divisarem a casa de Mafemane, Ualalapi ficou com os seus guerreiros a uns quinze metros de distância. Maguiguane e Mputa adiantaram-se, à direita e à esquerda, respectivamente, deixando um corredor a meio, onde, ao fundo, Mafemane, com um sorriso nos lábios, os esperava, de pé, frente ao ádito da sua casa.

— Pensei que não viessem — disse Mafemane, percorrendo-os com o olhar, um olhar penetrante, incisivo. — Não era necessário tanta gente, bastavam dois. Mas estou pronto. Podeis matar-me. Sei que não podereis entrar na vossa aldeia sem o meu corpo. Conheço Mudungazi de criança. E conheço essa crapulosa mulher que tem por nome Damboia. Não vos quero roubar tempo, andastes muito. Podeis matar-me.

Bocados de palha soergueram-se de uma palhota próxima. Tremeram no ar calmo e voltaram a pousar. Dois pássaros cortaram o céu. Uma criança chorou. A mãe abafou o choro. Mafemane sorria. Maguiguane quis levantar a lança. Não conseguiu. Sentiu a mão pesada. Mputa permaneceu na mesma posição, impassível. Mafemane sorria. O sol descia, vermelho. Os minutos passavam. O silêncio carregava-se. A noite entrava.

Do fundo do corredor uma lança cortou o ar e foi-se enterrar no peito de Mafemane. Este, alto que era, atirou o corpo para trás e

voltou à posição inicial, cravando os olhos em Ualalapi, que fugia.
– Quem é? – perguntou Mafemane.
– É Ualalapi – responderam os guerreiros mais próximos.
– Chamem-no. Ele tem que acabar comigo, como mandam as regras. Donde é que é?
– É nguni.
– Ah! – suspirou sorrindo.
O corpo começou a vergar. Ao dobrar para a frente a coluna, a lança enterrou-se mais no peito ensanguentado. Voltou com algum esforço à posição inicial e lançou um jato de sangue. Os joelhos foram-se aproximando à terra e assentaram definitivamente no chão, segundos depois. Enterrou as mãos na areia e manteve-se na posição genuflexiva durante segundos prolongados, esperando Ualalapi que se aproximava, de cabeça baixa. A dor no peito era de tal ordem que caiu de costas, apontando os olhos para o céu onde três estrelas despontavam. Sem a coragem de o olhar, Ualalapi aproximou-se de Mafemane, ajoelhou, tirou a lança do peito e voltou a enterrá-la vezes sem conta. O rosto, o tronco e outras partes do corpo de Ualalapi foram-se cobrindo de sangue quente, expelido do corpo de Mafemane, já morto. E à medida que o sangue ia correndo pelo corpo de Ualalapi, este mais fechava os olhos e enterrava com maior fúria a lança no tronco perfurado, desfeito, irreconhecível. Maguiguane e Mputa aproximaram-se.
– Chega – disseram –, há muito que morreu.
Ualalapi susteve a lança a poucos centímetros do peito de Mafemane e soergueu-se. Passou a lança para a mão esquerda e pôs-se a correr, atravessando as casas da aldeia e gritando, como nunca ninguém ouvira, um "não" estridente, lancinante. Desapareceu na floresta coberta pela noite, quebrando com o corpo as folhas e os ramos que os olhos ensanguentados não viam. Minutos

depois o choro de uma mulher e de uma criança juntaram-se ao "não" e ao ruído da floresta a ser arrasada. E o mesmo ruído cobriu o céu e a terra durante onze dias e onze noites, tempo igual à governação, em anos, de Ngungunhane, nome que Mudungazi adotara ao ascender a imperador das terras de Gaza.

# FRAGMENTOS DO FIM (2)

Sentindo que pisava um objeto estranho e duro, o cavalo levantou as patas dianteiras, relinchou, e voltou a pousá-las sobre o corpo, precisamente no ventre leve e macio do negro.

O negro gritou, enterrou os dedos na areia úmida, abriu desmesuradamente os olhos, saltou-lhe um jato de sangue pela boca e viu as tripas a saírem, perfuradas por balas.

O coronel Galhardo olhou para o negro, viu as tripas a escorrerem pela terra, viu os líquidos intestinais a desaparecerem por entre o capim amassado, viu o sangue a escorrer pelo corpo, e não se comoveu. Olhou de novo para o rosto do negro e notou que o homem tentava soerguer a cabeça. Do pescoço os nervos despontavam, tensos.

– Onde está o rei? – perguntou.

O negro voltou a abrir desmesuradamente os olhos, tentou enterrar com mais força os dedos, ergueu lentamente a cabeça, expeliu um novo jato de sangue pela boca e voltou a tombar definitivamente a cabeça sobre a terra. O coronel olhou para o sangue que escorria nas patas dianteiras do cavalo, olhou para o rosto desfigurado pela morte e comentou com um leve sorriso entre os lábios:

– Estes pretos têm uma força de cavalo!

Puxou as rédeas do animal, virou-o à esquerda e contemplou com certo cansaço o mar de mortos sem sepultura que a planície ostentava. Ao longe, silenciosa, erguia-se a capital do império de Gaza. As casas, pardas, adormeciam na tarde que fugia.

– Queimem a povoação – sentenciou o coronel e esporeou o cavalo em direção ao outeiro mais próximo.

# A morte de Mputa

*Ao Segone,
ao Magambo
e à Misete*

Então, do seio da tempestade, o Senhor respondeu a Job e disse: "Quem é aquele que obscurece a minha providência com discursos sem inteligência?
Onde estavas quando lancei os fundamentos da terra? Acaso, é sob a tua ordem que a águia levanta o voo e faz o seu ninho nas alturas?"
Job respondeu ao Senhor e disse:
"Sei que podes tudo e que nada te é impossível...
Por isso retrato-me e faço penitência no pó e na cinza."

Job 39-42

Ao acordar, nessa manhã nebulosa e aziaga, Domia sentiu as vísceras bulindo de forma aterradora e mortífera, mas não se preocupou tanto, pois sabia que tais dores sempre lhe vinham quando pensava nos pormenores do ato que arquitetava há anos, desde o dia em que seu pai, de nome Mputa, fora morto e retalhado por culpa da rainha, primeira mulher de Ngungunhane, que nestas terras leva o nome de inkonsikazi, que o acusara de proferir palavras tão injuriosas que as lágrimas lhe vieram ao rosto ao contar, entre soluços, ao rei que jurara pelo avô Manicusse que Mputa, cão sem nome e história, beijaria a terra por todo o sempre, porque palavras de tal malvadez não eram permitidas no seu reino, e muito menos à mulher dum rei cujo respeito os súditos lhe deviam prestar com toda a serventia, e, dizendo isto, com gestos largos e o rosto contraído, mandou o chitopo, nomeação que leva o arauto do reino, convocar a grande assembleia que devia reunir-se nessa mesma manhã sem faltas e desculpas, pois uma afronta à sua mulher era um ultraje para si, rei de terras vastas, e a todo o povo do seu império que lhe deve dignidade e o orgulho de serem homens. "Pois fui eu e todos os que me precederam que dissipamos a noite infindável que cobria estas terras", dizia isto movimentando o corpo bojudo pelo átrio da casa real e mostrando, com as mãos e os olhos, as nuvens, o sol e as árvores imponentes que se erguiam ao longe, à sua mulher que soluçava e ao chitopo que o seguia, acenando a cabeça por tudo e por nada. Ouviste, vassalo, eu dei a luz e o sorriso, eu dei a carne e o vinho, eu dei a alegria a estes vermes, e não será um cão, um homem a quem dei a honra de cozinhar para mim, que ousará levantar a voz, por isso vai, corre, quero-os já, e se encontrares alguém defecando tira-o da merda, e se estiver colado à mulher retira-o do enlace com a força que o império te dá, eu sou, e serei por todo o sempre Ngungunhane, assim o quiseram os meus pais e avós e toda a prole de heróis nguni que levantaram estas terras do letargo dos séculos inomináveis, vai, súdito, vai, chama-os, arranca-os de onde estiverem e trá-los à árvore grande, e tu, mulher, mãe de todas as mães, limpa as lágrimas que sulcam o teu rosto, pois não virá a lua antes de sorrires perante a trágica morte que esse imundo animal, filho de cães, terá."

Os grandes do reino entreolhavam-se, receosos, pois não sabiam, como diz o vulgo, quem teria agarrado o búfalo pelos chifres, e à medida que o rei cavava a imbonga até chegar ao mel[3], os maiores do reino descontraíam-se, esticavam os pés, relaxavam os membros, e seguiam com mais atenção as palavras que desciam as escadas do reino e esbatiam-se no povo, nesses homens sem nome e préstimo. Depois, mais confiantes, cientes de que as palavras fugiam do centro, acenavam a cabeça ao ritmo das palavras coléricas que saíam em desconchavo, até que, para gáudio de todos, excetuando Molungo, o nome de Mputa se elevou pelos ares da manhã. E quando o soberano sentenciou a pena de morte ao cão e imundo tsonga os maiores mexeram os olhos e a cabeça em sinal de consentimento unânime.

Molungo, tio do soberano, homem que acompanharia o rei no infortúnio dos anos intermináveis de exílio, pediu a palavra, ciente de que Mputa não cometera tal crime, pois bastas foram as vezes que vira a inkonsikazi acercar-se do homem como um animal no cio, mas bolas, pensava, palavra do rei não volta

---

[3] **cavar a imbonga até chegar ao mel**: ir ao cerne da questão.

atrás, e não seria ele, Molungo, que revolveria a montanha tecida, mas tinha, para seu agrado, a capacidade de atenuar a pena proferida, e daí que tenha começado a elogiar o rei, enchendo os testículos, o bojo e o traseiro descomunal do hosi, de glórias possíveis e imaginárias, de fatos reais e irreais que ele, rei de tantos feitos, herói sem par na História, foi protagonista primeiro e único que a História registrará enquanto os homens estiverem sobre a Terra!

Dito isto numa voz exaltada, própria para a bajulação, o soberano mais não fez que acenar a cabeça, mostrando os dentes comidos pelo rapé e pelo álcool, e deixar que Molungo espremesse o tumor. Este, com a argúcia que a vida ensinara, disse ao rei, em jeito de síntese, que a morte não seria digna para um homem que ousou cobiçar o corpo da rainha. Era necessário um castigo brutal e memorável na mente dos súditos; por que não cegá-lo como faziam os Tsongas em tempos que não importa recordar? "Caso faças isso o teu poder imperial sairá fortificado nestes tempos tumultuosos em que os homens da cor do cabrito esfolado assediam o teu reino vasto. Cegai-o, imperador, perante os seus e verás que essa massa informe entrará em delírio, pois outra medida não os exulta tanto que as tradições que outrora esses vermes seguiam com toda a religiosidade!"

Molungo sentou-se, ciente de que o mel é doce por si mesmo e que Mputa seria homem de tirar as teias que o envolviam.

"Bateste as tripas", disse o rei, satisfeito com tanto encômio, e os outros, os maiores do reino, voltaram a mexer os olhos e o corpo em sinal de consentimento unânime, e pediram ao rei que cegasse Mputa perante os seus.

O rei ordenou que informassem o chitopo para que fizesse troar a xipalapala e chamasse os Tsongas dos arredores para que representassem todo o povo do império que ia do Limpopo ao Zambeze. Dizendo isto levantou-se e pôs-se a caminhar em direção a casa, pensando e repensando no discurso que exultaria os mais céticos, enquanto os maiores do reino recolhiam às suas casas, comentando o que já deveriam ter comentado, sem ligarem à tarde que entrava e muito menos ao som que se elevava pelos ares, sobressaltando as espécies adormecidas há séculos, removendo águas paradas desde a criação do mundo e dos homens em cujos túmulos esquecidos plantas desconhecidas cresciam e multiplicavam-se, formando bosques impenetráveis onde os espíritos mais recentes repousavam do bulício humano e animal, enquanto seguiam com um sorriso jamais visto as barbaridades que os homens cometiam na infantilidade de razões inventadas e alimentadas durante séculos e séculos!

– Mputa esqueceu-se que a trovoada produz a chuva, filho. Mulher de rei é sagrada.

– Por que, avô? O que tem ela entre as coxas que outra mulher não terá?

– Não fales assim, filho, não fales assim, pois há anos atrás, o teu pai ainda não tinha nascido, houve um homem que ousou lançar impropérios jamais ouvidos ao rei, e passou o resto da vida carregando os testículos sem fim. Não fales assim. Deixa o Mputa. Deixa-o! Ele esqueceu que quem agita a lagoa levanta o lodo.

– Mas cacarejar não é pôr ovo, avô?

– Não fales mais, calemo-nos. Se Mputa tem razão sairá ileso, pois o macaco não se deixa vencer pela árvore.

E foi neste ambiente de comentários, próprios do vulgo, que Ngungunhane apareceu perante a multidão, com o seu saiote de peles e as caudas decorativas, acompanhado pelos maiores do reino e por Mputa, ladeado por guardas reais, no meio do tantã que ressoava das peles ressequidas como sons que vinham de entranhas continuadas em séculos, troando pela tarde sem nuvens, bela, impoluta. E quando o silêncio se refez, o soberano, calmamente, com o orgulho que os Changanes herdaram, dirigiu-se à multidão, dizendo que Mputa é uma palhota sem capim. Espantou o coelho e não tem coragem de correr atrás dele. Estas foram as palavras primeiras que puseram em delírio o povo tsonga que esquecera que estava perante o invasor que pousara naquelas terras com o sangue dos inocentes guerreiros nunca relembrados, e todos, excetuando Domia, que estava ao fundo da multidão com as lágrimas presas nos olhos infantis, exoraram ao soberano a morte daquele que em tempos recentes colocara aos pés do soberano cinco cabeças de leões mortos à faca, numa luta corpo a corpo. As palavras exultavam-nos de tal modo que quando o rei lhes perguntou se devia ou não dar a palavra ao criminoso Mputa, animal semelhante ao machope, muitos duvidaram e outros recusaram tal direito. O rei sorriu, dizendo depois que daria a palavra ao cão, apesar de tal direito não lhe pertencer, pois os cães são cães!

Mputa, com o seu corpo atlético, aproximou-se da multidão e falou num tom tão sereno que o silêncio imperou como nas horas dormentes da sesta.

– Podeis matar-me, rei, podeis esquartejar-me. Vós tendes o poder imperial que pesa no vosso corpo desde a nascença. Mas eu, vassalo como todos os que vedes à vossa frente, nada fiz, nada disse a inkonsikazi. É esta a minha verdade. Sei que duvidais dela, pois a palavra da inkonsikazi é sagrada aos vossos ouvidos e aos de todos os súditos.

"Podeis matar-me, rei, pois há muito que foi dito que morrerei desta forma inocente. Mas antes de me matarem, peço que me submetam ao mondzo para que a minha inocência fique provada perante o seu povo."

E mais não disse, pois os olhos, com um brilho indescritível, carregavam toda a verdade que as palavras não conseguiam exprimir.

## Ualalapi

E aqueles que tiveram a coragem de os ver viveram amargurados pelas insônias por se sentirem cúmplices dum crime.

O rei, ante as límpidas palavras de Mputa, teve que virar-se para o conselheiro, porque a dúvida, que nunca devia atingir o soberano em público, penetrou-lhe no corpo de forma tão intensa que as mãos tremeram. O povo, silencioso, não sabia já para onde pender a cabeça. O rei outra coisa não fez que aceitar que submetessem Mputa ao mondzo, nome que leva o ordálio venenoso preparado nestas terras do império. E foi num silêncio sepulcral que Mputa bebeu o mondzo sem pestanejar, sem mexer um músculo do corpo. E assim permaneceu durante minutos infindáveis perante a incredulidade do povo e dos maiores do reino que o olhavam, preto e reluzente na sua tanga de pele, com o sol a bater-lhe, ao fenecer do dia, no tronco, nas veias salientes e no cabelo riçado.

– É feiticeiro – disse o rei com uma força jamais ouvida. – E os feiticeiros não têm lugar no meu reino. Não o cegarei como queriam que o fizesse, pois os feiticeiros agem na bruma da noite. Matá-lo-ei hoje e agora! – e virou-se para os guardas que empurraram Mputa para o meio da multidão.

Domia, com os seus treze anos, viu o pai a ser espancado e retalhado pelos guardas reais e por alguns elementos da população, pois os restantes, cientes da inocência de Mputa, retiraram-se da zona, tentando esquecer o que jamais esqueceriam.

Após arrumar as suas coisas, Domia saiu da cubata, endireitou a saia vergastada pelo vento que anunciava a chuva que desabaria na altura da sua morte, e pôs-se a caminhar em direção à casa real, duvidando do seu ato, depois de quatro anos de espera. Sabia que ia morrer. Algo interior lhe anunciava a morte, uma morte terrível.

Ngungunhane, encostado à cobertura da casa que tocava o chão, alheio ao vento do infortúnio, fumava mbhangui, nome que leva a canábis espontânea, muito fumada pelos Tsongas, pensando na desventura que tocara a sua casa, pois as suas trinta mulheres, espalhadas pela capital, há mais de quatro semanas que vertiam sangue pelas coxas, fato inédito na sua vida de casado e polígamo, quando viu Domia transpor o cercado da sua casa.

– O que vens fazer a esta hora?

– Limpar a vossa casa, hosi?

O rei olhou-a, viu os contornos das ancas, o tronco nu e os seios surgindo por entre a tira de pano que tentava cobri-los.

– Como é que te chamas?

– Domia, senhor.

– Domia... sabes quem foi Domia?

– Sei, hosi. Foi a mãe de Mawewe, irmão e rival de seu pai Muzila.

– Não chames irmão a esse cão! E por que razão o teu pai deu-te esse nome?

Domia baixou os olhos e nada disse. O rei mandou-a entrar na casa. Como a porta fosse baixa, ela teve que agachar-se e entrar gatinhando. O imperador seguiu-a com os olhos e depois entrou.

Vendo-a de pé e tremente, Ngungunhane arrancou a tira de pano que cobria os seios e puxou-a para si, com fúria dum animal que há muito não via o sexo oposto. Domia retirou a faca da saia e esperou pelo momento oportuno. Foi o seu erro.

Ela pensou, e bem, que o rei encostá-la-ia à parede e faria tudo de pé, pois nunca lhe ocorrera pela cabeça que o soberano levasse uma serva ao leito onde as rainhas se deitavam. Foi o que fez, depois de ter visto, durante o percurso, a ponta reluzente da faca.

– Queres matar-me? – perguntou o rei, ao que ela nada respondeu, pois tentou, de imediato, desferir a faca no peito do imperador. Este empurrou a mão da moça e sentiu a faca a penetrar na sua coxa direita. Não ligou importância. Retirou a faca da mão da moça e possuiu-a brutalmente, ela embaixo e ele em cima, ela esperneando e tentando batê-lo, e ele ofegando e tentando esmagá-la com o seu peso de homem e de rei.

Ultrajada e ferida no íntimo, e com os planos frustrados, Domia outra coisa não fez que cuspir na cara do rei e chamá-lo de cão, coisa que ninguém, desde que o rei nascera, tivera coragem de dizê-lo de frente, porque de trás sabia que tudo falavam, mas de frente, nunca!

E tremeu. Tremeu ao ver os olhos reluzentes de Domia que incandesciam na casa sem janelas, como os de um gato enfurecido. Tremeu ao sentir-se aviltado como soberano. Tremeu ao sentir que a palavra saía da boca de uma mulher. Tremeu ao se aperceber que a moça era filha de Mputa. E tremeu ao ver o sorriso de escárnio que despontava dos lábios da moça.

Minutos depois Domia era levada pelos guardas reais, com ordens terminantes de a fazer desaparecer da face da Terra. Quando a chuva desabou, Domia deu o último suspiro, deixando a carne a ser desfeita pela chuva que não parou de cair durante semanas até que sobre a terra não restasse um osso. E o rei passou o resto da vida contemplando, a sós, o sulco que não mais se apagaria do corpo fizesse o que fizesse.

E poucos foram os que souberam que Ngungunhane tinha uma marca indelével na coxa direita do seu corpo.

# FRAGMENTOS DO FIM (3)

"Estão cumpridas as ordens de V. Exa. A coluna do meu comando efectuou a marcha sobre Manjacase. Chegado a langua, provoquei o inimigo em combate, bombardeando a povoação. Gente do Ngungunhane apareceu no bosque que circunda e oculta o Kraal, em pequenos grupos, respondendo apenas com alguns tiros de espingarda ao fogo de artilharia da coluna, que os dispersou rapidamente.

Em seguida, deixando o comboio devidamente escoltado, marchei sobre o Manjacase, que encontrei abandonado, mas com muitas munições e objetos de uso dos habitantes, tudo na desordem própria duma precipitada fuga. Os auxiliares saquearam a povoação e o chigocho do régulo, que logo depois mandei incendiar, ficando tudo completamente destruído, e voltando com a coluna ao bivaque na Iangua."

Assim começa o relatório para a posteridade do coronel Galhardo.
Um relatório pormenorizado, prolixo, mas falhado em aspectos importantes que o coronel omitiu, ao não registrar:
– O fato de ter profanado como um ímpio o lhambelo, urinando com algum esforço sobre o estrado onde Ngungunhane se dirigia na época dos rituais e muito menos os escarros que atirou à parede de troncos, misturados com o tabaco do charuto que ostentava entre lábios queimados.
– O roubo de cinco peles de leão que ostentou na metrópole, como resultado duma caçada perigosa em terras africanas.

– O fato de ter, pessoalmente, esventrado cinco negros com o intuito de se certificar da dimensão do coração dos pretos.

– O fato de se ter mantido sóbrio e sereno face às labaredas que comiam as palhotas da capital do império e ao choro da criança em chamas que gatinhava, desesperada, por entre o fogo e os troncos queimados e o capim e o adobe que desabava, procurando a vida na estupidez da guerra.

A propósito deste homem, o então comissário régio de Moçambique (1895), Antônio Enes, escreveu, anos mais tarde, nas suas memórias, o seguinte: "Se na galeria dos homens ilustres estiver inscrita a bravura, a tenacidade, o respeito pelo homem, a bondade, o amor à pátria, o coronel Galhardo tem assento por mérito próprio."

# Damboia

*Ao Aníbal Aleluia*

"Dai-lhe tormentos e lágrimas na mesma medida em que fez ostentação do seu luxo e das suas delícias, porque disse no seu coração: 'Estou sentada no trono como rainha, não sou viúva e jamais conhecerei o luto.' Por isso, num só dia, virão sobre ela os flagelos: a morte, o pranto e a fome. Ela será consumida pelo fogo, porque o Senhor que a condenou é poderoso."

Apocalipse 18

## I

Tirando o dia, a hora e pequenos pormenores, todos foram unânimes ao afirmar que Damboia, irmã mais nova de Muzila, morreu de uma menstruação de nunca acabar ao ficar três meses com as coxas toldadas de sangue viscoso e cheiroso que saía em jorros contínuos, impedindo-a de se movimentar para além do átrio da sua casa que ficava a uns metros da residência do imperador destas terras de Gaza que, a seu mando, colocou guardas reais em redor da casa de Damboia, impedindo olhares intrusos e queimando plantas aromáticas que não tiravam o odor nauseabundo do sangue que cobriu a aldeia durante aqueles meses fatídicos em que o nkuaia – ritual anual e sagrado em que os súditos, provenientes de todos os cantos do império, à corte se dirigiam, cantando e ofertando iguarias e outras coisas diversas ao soberano dos soberanos, que tudo aceitava, no meio de cânticos de louvor ao imperador, que no dia último do mês se dirigia ao lhambelo, nomeação de local sagrado, nu e acompanhado, para os rituais que culminavam com a matança de gado e de dois jovens, de ambos os sexos, que entrariam no prato mágico que revigoraria o império e lhes daria forças para a bebedeira que se seguia e ao untento da manhã seguinte onde tudo se discutia com o protocolo e a moderação na linguagem como nos atuais parlamentos e assembleias – não se realizou, apesar de ser num ano de tumultos e guerras, porque a mulher da corte fora acometida por uma doença estranha, nunca vista nestas terras desde o tempo em que outra mulher, de nome Misiui, perdera leite pelos seios durante anos sem fim, enchendo potes e barris e levando gente de aldeias distantes e dos pântanos impenetráveis a visitarem-na com a curiosidade expectante de verem a mulher sáfara, de seios da dimensão de grãos de milho, que com todos conversava e fornecia leite às crianças e velhos doentes e moribundos.

Mas isso aconteceu em tempos recuados e não tocou uma mulher da corte como Damboia. Por isso, dizia Ngungunhane, mais importante era ela que os assuntos do império e enquanto eu estiver vivo as assembleias podem faltar, eu represento a todos, homens, mulheres, velhos e crianças deste império sem fim, dizia isto com toda a pujança na voz, como se os milhares de vassalos coubessem no corpo bojudo que a todos ostentava e que medrava de dia para dia com as responsabilidades infinitas que o império lhe dava, resolvendo-os com a voz e os gestos, pois papel não havia e as ordens eram escritas pela voz tonitruante que ressoava nas manhãs e tardes chuvosas e secas.

Mandei arautos por este império avisar, dizia, que Damboia padece de uma dor mortal, contraída ao serviço do império que as suas mãos ajudaram a erguer, e todos, chefes e súditos, amos e vassalos, devem pedir aos antepassados remotos e recentes para que a salvem desse mal incurável como fizeram com essa serva de nome Mfussi que outra coisa não via em seu redor que serpentes vermelhas e pretas a abraçarem-na, dia e noite, andasse por onde andasse. E não será Damboia, mulher da corte e não vassala como essa Mfussi e outras mais, que a voz dos espíritos não esconjurará os males de que padece. Salvem-na desta desgraça que não tocou a ela mas a todos, e se ela se vai, vai-se o império, Homens!

E por isto e outras coisas mais que vos aprouver dizer, para o bem do reino, o nkuaia não se realiza. Na capital não ressoarão esses cânticos de louvor que nos rejuvenescem. Os guerreiros não baterão os escudos do bayete, levantando a poeira pré-histórica dos nossos antepassados esquecidos. O sol e as nuvens não tomarão a cor dos dias da vitória, e o vento não trará a voz inapagável dos heróis nguni. Por isso, as leis que vigoraram até aqui irão vigorar, e eu serei homem de mais leis emanar quando para isso for necessário, porque o império é meu, e o poder pertence-me: Ide, vassalos, e apagai as tochas que por este império estiverem acesas. E para que os machope não se riam da nossa dor, e tu, Maguiguane, vai por essas terras espalhar a morte e a dor. Eu quero que todos, mas todos, se compadeçam com a dor que nos atacou. Ide, guerreiros, que o império vos salvaguarda, agora e depois da morte.

## II

Quanto ao dia em que Damboia, postada ao umbral da sua casa, sentiu o sangue viscoso a escorrer pelas coxas, prenunciando o luar interminável da sua morte, as opiniões divergem. Malule, que guardara a casa sinistrada de olhares intrusos, dissera-me que nesse dia as copas das árvores foram arrasadas pelo vento maldito que vinha carregado de conchas das profundezas abissais do mar distante. A tarde caía. As casas choravam. E os homens, tremendo, recolheram tudo o que de essencial tinham fora das cubatas e entraram nas casas que gemiam com o vento, e esperaram pela noite, rogando aos espíritos a cessação imediata daquele vento maldito. A noite chegou. No céu havia estrelas brilhantes e a lua tinha um corte ligeiro. Não havia nuvens. E o vento, aumentando de intensidade, tirou o teto das casas mais pobres e expôs à noite dos espíritos a pobreza de todos os séculos dos homens sem guarida e nome.

Ao amanhecer começou a cair uma chuva amarela, forte, de gotas grossas e pegajosas como a baba do caracol. Durante sete dias e sete noites as populações dos arredores de Mandlakazi, nome que as capitais do império levavam, sentiram na pele aquela chuva anormal. Na aldeia real havia sol e vento calmo. Nos primeiros dias era normal ver Ngungunhane dirigir-se aos arredores, acompanhado pelos maiores do reino, e contemplar aquela chuva azeda, apelando para a calma. "Tudo vai passar, a gazela não dança de alegria em dois lugares, homens, é preciso calma, muita calma."

Os que queriam refugiar-se na aldeia real recebiam chicotadas da guarda. E com razão, pois ninguém sabia que doença é que transportavam, assim porcos, cobertos daquela massa pastosa como se de ranho se tratasse. O rei tinha razão em afastá-los. Ele teria que viver para todo o sempre, nem que isso custasse a vida de todos os súditos. Ao quarto dia os homens da corte refugiaram-se nas casas e deixaram de aparecer à rua. Um fenômeno estranho passava-se nos arredores: cadáveres sem nome e rosto apareceram à superfície das águas lodosas, se é que era água aquele líquido pastoso e espesso. Tinomba, chefe da aldeia circunvizinha, percorreu casa por casa a povoação, contando os vivos e perguntando pelos mortos que todos desconheciam, durante três dias e três noites, tempo igual de permanência dos cadáveres que desapareceram misteriosamente com a cessação da chuva, na última noite, o que levou os curandeiros a afirmarem que eram cadáveres de outros tempos esquecidos que vieram chamar a atenção àquele povo que nada respeitava, e que murmurava tudo o que ouvia e o que não ouvia.

No sábado último do mês terceiro da dor, Damboia morreu. No dia seguinte, os cinco homens mais fortes da zona acordaram impotentes para toda a vida. E isso não foi o mais importante durante aqueles meses todos. A pior coisa que aconteceu durante aqueles meses foram as palavras, homem! Elas cresciam de minuto a minuto e entravam em todas as casas, escancarando portas e paredes, e mudavam de tom consoante a pessoa que encontravam. A violência que Ngungunhane utilizou para assustá-las (deve ler-se sustá-las) não surtiu efeito. Elas percorriam as distâncias à velocidade do vento. E tudo por causa dessas tinlhoco – nomeação em tsonga dos servos – que saíam da casa de Damboia com os sacos cheios de palavras e as lançavam ao vento. Malvadas! Onde já se viu um indivíduo sem rosto vituperar uma pessoa da corte, uma mulher que todos servíamos com respeito e amor? Pécoras, bestas sem nome, eram elas que levavam no saco histórias inventadas, dizendo que Damboia sofria da doença do peito que faz vomitar sangue pela boca, mas que ela vomitava entre as coxas, em paga da vida crapulosa que levara.

– Crapulosa?

– Não ligues. São palavras do vulgo. Não tem fundamento. Damboia teve a vida mais sã que eu conheci.

– Para onde vai o fumo, vai o fogo, Malule.

– Nunca hás de encontrar água raspando uma pedra. Deixa-me falar. Eu conheço a verdade. Vivi na corte...

– Mas qual é o homem que não tem ranho no nariz, Malule?

– Se Damboia teve erros não foram de grande monta. Ela meteu-se com homens, como qualquer mulher. E nisso não nos devemos meter. O teto da casa conhece o dono.

– Mas o caracol deixa baba por onde passa.

– É tudo mentira o que ouviste por aí. Da boca dessa gente só saem chifres de caracol. Inventam histórias, fazem correr palavras, dormem com elas, defecam-nas em todo o lado. É tudo mentira. Eu vivi na corte...

– Mesmo que caminhes numa baixa, a corcunda há de ver-se, Malule.

Os olhos coriscaram na noite. Colocou duas achas no fogo que morria e recusou-se a abrir a boca. Não insisti.

## III

Ciliane, que fora serva de Damboia, contou-me, com a sua voz roufenha, marcada pela velhice, uma versão diferente, afirmando a partida que Damboia tivera, naquele dia fatídico, os momentos mais felizes da sua vida.

Pela manhã conversou com o curandeiro que afirmou, entre outras coisas, que a realeza não é frequente, frequente é a vassalagem, advertência a que ela não quis ligar, deslumbrada que estava com a manhã de sol a escorrer pelas árvores gigantes e anãs, enquanto os pássaros de mil cores trauteavam melodias nunca pautadas. Ao afastar-se da casa do curandeiro pôs-se a andar ao acaso, bamboleando o traseiro farto de carnes, pegando e despegando folhas castanhas e verdes, rindo por tudo e por nada, até que se cruzou com Ciliane que vinha com uma bilha na mão direita do seu corpo jovem e cansado de tantos trabalhos feitos e por fazer até adiantada idade em que as mulheres se arrastam às fogueiras onde contam histórias de nunca acabar, como a que Ciliane me contou sobre Damboia, megera e crapulosa mulher da corte de Ngungunhane.

– Para onde vais, Ciliane? – perguntou Damboia.

– Ao rio.

– Vamos juntas – disse, acompanhando-a, ela à direita e Ciliane à esquerda, pelos carreiros intermináveis, ladeados de plantas seculares que não iam além de um metro de altura. Ciliane mudou a bilha da mão direita para a mão esquerda e pôs-se a olhar continuamente os pés, sem saber o que dizer a Damboia que sorria, olhando as aves cortando o céu.

– Sabias que a mulher de Mosheshe meteu-se pelos pântanos, seguida pelos filhos menores? – perguntou Ciliane, olhando para

os tornozelos de Damboia, enrodilhados de miçangas que reverberavam ao sol.
— Não, não sabia. Por que fez isso? — retrucou, desinteressada.
— Não suportava ver-te.
— É corajosa... E o que se tem dito por aí?
— As palavras de sempre: és uma megera.
— Mas por que, Ciliane?... Que mal lhes fiz?
— Mataste homens, Damboia. Mataste Sidulo, Mosheshe, Sigugo e outros.
— E quem não matou, Ciliane? — Os olhos caíram sobre Ciliane, lancinantes, aquilinos.
— Muitos.
— Mentes. Todos matamos. Tu já me mataste de diversas maneiras.
— Eu não. Nunca pensei na tua morte. Limito-me a dizer o que se fala por aí. E são eles que afirmam que mataste inocentemente homens honestos.
— Não me faças rir.
— É o que dizem...
— Alguma vez recusaste ordens do teu amo?
— Nunca.
— Eles recusaram as minhas ordens.
— Mas que ordens, Damboia? Não achas humano um homem recusar ir para a cama com uma mulher?
— Quem eram eles para recusar as minhas ordens? Gente da rua sem nome, gente que nunca sonhou transpor a porta da minha casa. Se fossem homens de palavra ter-me-iam recusado na altura que apontei o dedo.
— Temiam-te.
— E por que deixaram de me temer?
— Só tu é que deves saber... Antes de morrer, Mosheshe teria

dito, segundo me contaram, que aqueles que o impontaram do mundo dos vivos teriam uma morte terrível.

– Referia-se a mim?

– Tu é que o mataste.

– Mandei-o matar, é diferente. Mas não foi o primeiro. Sidulo afirmou na minha presença que larvas iriam percorrer o meu corpo enquanto viva.

– Os dias nascem com cores diferentes, Damboia.

– É possível, mas eu vim de longe, Ciliane. Os piores dias virão com a velhice que detesto.

Mantiveram-se em silêncio contemplando as águas do rio que corriam pela planície, meneando as ancas reluzentes. Damboia despiu-se e atirou-se às águas. Estava bonita, disse Ciliane, aproximando uma acha de fogo. Era uma beleza indescritível, serena. Creio que a morte já tinha entrado naquele corpo esbelto. Ao entrar da tarde ela correu pela aldeia real, brincando com as crianças que nunca tivera. Cumprimentava a todos os que com ela se cruzavam. Ao fenecer do dia postou-se no ádito da sua casa e pôs-se a contemplar o sol a cair, vermelho. Era quinta-feira. Mosheshe fazia duas semanas de defunto. Recordo-me que ela teria dito que aquele fora o melhor dia da sua vida. Estava radiante. Quando o sol caiu ela sentiu o sangue a escorrer e limitou-se a dizer, sem grandes preocupações, que os dias estavam trocados. Entrou na cubata e não mais saiu dela com vida. E só foi pela noite dentro, se bem me recordo, que ela chamou por mim. Não havia estrelas no céu. Não havia luar. O vento era calmo. Quando entrei, gatinhando, senti as mãos a escorrerem por uma massa lodosa. Pensei que fosse água, mas não era. O chão estava empapado de sangue, e Damboia estava de pé, serena como sempre. Indicou-me o chão com os olhos e com as mãos. Passei a noite inteira emundando o chão. Ao raiar do dia notei que o sangue tocava os artelhos. Damboia tinha a capulana empapada de sangue. As paredes estavam tingidas de vermelho. O cheiro que pairava era o mesmo que as mulheres tinham em certos dias do mês. E eu estava cansada. Damboia nada dizia. Quem a visse naquela posição, ereta, distante, diria que ela pensava nos antepassados que nunca conhecera. De pé, com o corpo coberto de sangue eu esperava que ela dissesse qualquer coisa. "Vai chamar Ngungunhane", disse, respondendo ao meu pensamento.

Quando saí da cubata notei que o sol tinha as cores de sempre. As árvores estavam no mesmo lugar e as aves trauteavam as cantigas já conhecidas desde o princípio de todos os tempos. Os velhos andavam à deriva, sorvendo a manhã. As mulheres atiçavam o fogo e as crianças corriam, alegres. O mundo estava no mesmo lugar, fato que me espantou.

A conversa que ela teve com Ngungunhane levou horas e ninguém soube o que falaram. Mais tarde soube que o nkuaia não se realizaria. Esta decisão não foi acatada pelos velhos, pois o nkuaia não se realizava no ano em que o rei morria. Damboia não era soberana e não estava morta. Mas depressa os velhos acomodaram-se sobre o fato e os dias correram. Recordo-me que quando trouxe mais tinhloco, designação de escravos em língua tsonga, para limpar o chão e tratar da Damboia, a casa estava cercada pelos guardas e o átrio inundado de sangue que a terra recusava digerir. As bilhas partiram-se aos bocados quando tentamos enchê-las de sangue. Optamos por tapar o sangue com a areia. E o sangue, para o espanto de todos, exsurgia sempre, atingindo a altura dos tornozelos. Damboia não falava, olhava. E só foi nos finais do primeiro mês que ela quis abrir a boca de novo. As palavras não saíam. A loucura invadiu-a. Começou a andar de gatas e a trepar as paredes da casa como um réptil em desespero. Durante a noite uivava como os cães. Muitos dos guardas que cercavam a casa ficaram surdos para toda a vida e outros tiveram e têm acessos de loucura de tempos em tempos, como o Malule com quem falaste ontem. Outros, incapazes de suportar aquele cheiro, largaram as armas e meteram-se pela floresta adentro, à procura da morte. O rei chamou os curandeiros famosos da zona, mas pouco fizeram. Houve um, no entanto, que ficou dias e dias falando uma língua que ninguém entendia, e a única coisa que conseguiu foi trazer à razão Damboia, nas quintas-feiras últimas de cada mês. Nesses dias, o sangue parava de jorrar e ela conversava com todos, alheia ao drama da sua vida. Como podes ver ela teve dois dias de lucidez naqueles três meses. E para muitos foi a pior coisa que o curandeiro fez, pois ao entrar da noite os uivos recomeçavam com uma intensidade brutal e o sangue saía em catadupa.

    Ao segundo mês, creio, choveu como nunca durante duas semanas. O sangue dela escorreu ao rio, tingiu-o de vermelho e matou os peixes que os Ngunis não comiam. Os crocodilos passaram a viver nas margens. Era normal vê-los à soleira das nossas portas ao raiar do dia. A princípio tentamos expulsá-los, mas eles vinham em maior número, aos milhares. Alguns velhos suicidaram-se. Outros, velhos e novos, morreram de sede, pois a água estava contaminada ao longo da extensão do rio. O lago das proximidades estava contaminado. E os poucos poços que havia estavam reservados às pessoas da corte. Ngungunhane andava de um lado para o outro, afirmando que no império tudo andava bem e que havia grandes progressos, pois as colheitas nunca vistas encheram celeiros de nunca acabar, e as crianças que nunca nasceram vieram ao mundo mais gordas e sãs, e os velhos duravam mais anos, e os guerreiros mais batalhas ganhavam. Os que diziam o contrário eram pendurados nas árvores. "Todos são felizes, e se o nkuaia não se realiza é porque Damboia está doente, homens", dizia, bramindo as mãos e elevando a voz. Se algo nos deve atormentar é a doença de Damboia. E passamos aqueles meses ouvindo essas palavras em todos os cantos. Diariamente morriam pessoas, mas afirmava-se que morriam por velhice adiantada. Os que se suicidavam eram doentes mentais, indivíduos atacados pelos espíritos malignos. E os dias foram passando. E foi na quinta-feira última do mês terceiro da dor que Damboia, no meio da noite, deu o uivo mais lancinante que se ouviu durante aqueles meses. Morreu. Na manhã seguinte começou a chover e à superfície das águas apareceram nados-mortos das mulheres que sempre sonharam ter filhos. E era terrível termos que calcar aqueles corpos que se desfaziam aos nossos pés.

    Ngungunhane, magro e sem voz, circulava como um sonâmbulo perdido, fumando mbhangui a toda a hora.

# FRAGMENTOS DO FIM (4)

"Vendo, logo que os pretos fugiram, sahir d'uma palhota próxima um homem de corôa, perguntei-lhe pelo Gungunhana e elle apontou-me para a mesma palhota d'onde sahira. Chamei-o muito d'alto no meio d'um silencio absoluto, Preparando-me para lançar fogo a (à) palhota, caso elle se demorasse, quando vi sahir de lá o Régulo Vatua que os tenentes Miranda e Couto reconheceram logo por o terem visto mais d'uma vez em Manjacase. Não se póde fazer idéa da arrogancia com que respondeu às primeiras perguntas que lhe fiz. Mandei-lhe prender as mãos atraz das costas por um dos dois soldados pretos e disse-lhe que se sentasse. Perguntou-me onde, e como eu lhe apontasse para o chão, respondeu-me muito altivo que estava sujo. Obriguei-o então à força a sentar-se no chão (cousa que elle nunca fazia), dizendo-lhe que elle já não era Régulo dos Mangonis mas, um matonga como qualquer outro.

Perguntei ao Régulo por Quêto, Manhune, Molungo e Maguiguane. Mostrou-me Quêto e o Manhune que estavam ao pé d´elle e disse que os outros dois não estavam. Exprobei a Manhune (que era a alma damnada do Gungunhana) o ter sido sempre inimigo dos portugueses, ao que elle só respondeu que sabia que devia morrer. Mandei-o então amarrar a uma estaca da palissada e foi fuzilado por tres brancos. Não é possível morrer com mais sangue frio, altivez e verdadeira heroicidade; apenas disse sorrindo que era melhor desamarral-o para poder cahir quando lhe dessem os tiros. Depois foi Quêto. Elle fora o único irmão de Muzilla que quizera a guerra contra nós e o único que fôra ao combate de Coollela. Não tinha vindo pegar pé, como tinham feito Inguiusa e Cuiu seus irmãos. Dizendo-lhe eu isto, respondeu que não podia abandonar o Gungunhana a quem tinha creado como se fôra pae, retorquindo-lhe eu: que a quem desobedecia e fazia guerra ao Rei de Portugal, deviam pae, mãe e irmãos abandonal-o. Mandei-o amarrar também e fuzilar."

Extratos de um relatório apresentado ao conselheiro Correia e Lança, governador interino da província de Moçambique, pelo governador militar de Gaza, Joaquim Mouzinho d'Albuquerque – 1896.

Ungulani Ba Ka Khosa

# O cerco ou Fragmentos de um cerco

*À memória do meu pai*

# Ualalapi

## I

Ao entrarem no décimo dia do cerco os guerreiros olharam para tudo com vida e sem vida que a terra comportava desde o princípio dos princípios e chegaram à triste conclusão de que o mundo perdera a sua beleza e o vigor de séculos. O céu e a terra tomavam a cor de cadáveres estripados. Os dias sucediam-se aos dias ao ritmo de sonâmbulos senis. As nuvens da chuva passavam à distância e o vento galerno efundia cânticos tristes dos insignes guerreiros, mortos em batalhas de machos, com lanças a cruzarem-se no ar e os escudos a chocarem-se estrondosamente no capim devastado pelos homens e pelos cânticos da vitória que retumbavam pela planície pejada de cadáveres e de serpentes que silvavam, enlouquecidas, pela visão infernal que se alcandorava na planície.

Agora, esbulhados do vigor dos seus antepassados, os guerreiros encaneciam à sombra das árvores pardas, vendo as lanças a criarem escarpas da solidão e os escudos a servirem de ninhos aos ratos.

## II

Maguiguane era então, e desde a entronização de Ngungunhane, o chefe militar do imperador das terras de Gaza. Nos primeiros dias do cerco era normal vê-lo conversar com os guerreiros pelos diversos acampamentos. Depois, atacado pelo torpor das manhãs e tardes, fechava-se na cubata e passava as horas à escuta de sinais de mudança. À noite, e só à noite, atrevia-se a sair da cubata. Envergava as vestes de guerra, ataviava a cabeça com penachos de plumas, pegava na lança e no escudo, mirava-se de cima a baixo, saía da cubata, e caminhava em direção a Macanhangana, seu lugar-tenente, que o esperava no mesmo sítio e à mesma hora.

Incrível! Pois, no mesmo sítio e à mesma hora desde o primeiro dia do cerco à fortificação de Chirrime, onde Binguane, rei chope, e o filho Xipenanyane se encontravam sitiados, com as mulheres, velhas e crianças. E os guerreiros, evidentemente. Os dois não se cumprimentavam. Maguiguane olhava para o lugar-tenente e adiantava-se. Seguiam em silêncio pelo acampamento principal, ouviam os risos gastos e as histórias com variantes conhecidas, pisavam os mesmos sítios, contemplavam as mesmas cubatas, os arbustos de sempre, o céu da mesma cor, as estrelas sem brilho e a lua parda e cortada. Saíam do acampamento principal pelo mesmo carreiro, desciam a pequena encosta, contornavam os escolhos de sempre, acercavam-se do poço, olhavam com a mesma intensidade os guerreiros que conversavam junto à fogueira e seguiam em direção à fortificação que levava o nome genérico de nkocolene, e percorriam-na de ponta a ponta. À medida que caminhavam, contornavam pelos mesmos sítios as fezes espalhadas e os vômitos das bebedeiras e os lagos de mijo que criavam peixes sem barbatanas e olhos. Percorrido o cercado voltavam ao carreiro de sempre e subiam a pequena ladeira que os levava ao terreiro com árvores espalhadas e fogueiras tremementes. Macanhangana quebrava o silêncio e dizia as palavras de todos os dias no mesmo tom grave e longínquo dos dias todos.

– Não vão aguentar.

– É isso, não vão aguentar – ripostava Maguiguane e seguia em direção à sua cubata.

Minutos depois Macanhangana fazia o mesmo.

## III

Noite. As hienas uivam. As serpentes silvam. Os homens sonham. As corujas piam. Os mosquitos zunem, entram nas cubatas, atiram-se à carne, sugam o sangue; um morre, outro atira-se à parede de paus, e outros esperam: sentem o sangue quente no ar, zunem, mordem, vivem, morrem. Há um silêncio dissimulado, falso. As chamas perdem a força no terreiro deserto. O vento levanta folhas dispersas. Ouve-se o ribombar de trovões à distância, muito ao longe. Chove na capital do império. Macanhangana bebe, bebe interminavelmente o sope. Teme a noite. Vê as paredes da cubata a tremerem. Sente a casa a ondular. Agarra-se à enxerga. Os olhos brilham. Duas lágrimas saltam. Chora. As corujas piam. O vento levanta timidamente a palha das cubatas. Maguiguane pensa no rei. O rei pensa na sua concubina, Vuiazi, mãe de Godide, que desapareceu misteriosamente com as ancas, o corpo, o sorriso, o rosto macio, negro, brilhante. Vuiazi pensa em Kamal Samade, comerciante árabe que se internara nos pântanos de inhafura por o acusarem de dormir com Vuiazi. Maguiguane adormece. Sonha a mesma coisa. Vê serpentes a devorarem cobardemente os homens, milhares de homens. As mulheres ficam, chorosas, perdidas na planície. Os guerreiros ressonam. Os guardas perscrutam a noite. Sentem o aproximar das hienas. Veem o brilho dos olhos. O olhar faminto. O passo trôpego. A lua perde-se numa nuvem passageira. Macanhangana agarra-se à enxerga, quer vomitar, não consegue; olha para o teto, vê as estrelas sem brilho por entre as frestas do capim. Maguiguane ressona. O rei sonha alto, chama pela Vuiazi, agarra-se à enxerga ataviada, transpira, peida, tosse, ejacula. Vuiazi pensa na pederastia de Kamal Samade, doença e mania desconhecida nestas terras de Gaza. A noite foge. Os guerreiros temem a manhã, o sol, o vento dos cânticos esquecidos, a terra sem cor, as árvores com folhas murchas, o céu sem nuvens, a planície morta.

## IV

– Qual é o significado do sonho?
– O leão ruge na selva, Maguiguane.
– E as mulheres, Mabuiau, as mulheres?
O mesmo diálogo. As palavras de sempre. Os gestos de todos os dias.

Maguiguane acorda sobressaltado. Vira e revira os olhos. Não vê serpentes. Vê fiapos de luz a caírem no chão. Soergue-se apoiado nos cotovelos. Vê o corpo despedaçado pela luz. Chama Mabuiau, seu velho conselheiro. Levanta-se. Acaricia a lança. Mabuiau entra, senta-se sobre o círculo de luz. Espera. Maguiguane conta o sonho. Faz as perguntas. Ouve as respostas. Mabuiau sai. A manhã cresce. Maguiguane aproxima-se da parede e espera pelos sinais de mudança. Macanhangana dorme profundamente. Os guerreiros espreguiçam-se, caminham para as mesmas árvores, sentam-se nas mesmas sombras e contam as mesmas histórias. Os que ouvem esforçam-se por esquecer o enredo inicial. Os que contam, fingem esquecer as sequências posteriores. São trinta mil guerreiros.

## V

Nada se ouve. As horas passam. Os guerreiros esperam. Esperam pelo sinal, pelo choro de todos os dias, da mesma hora, e com o

mesmo ritmo. Nada ouvem. Os murmúrios cessam. Contam os dias. Enganam-se. Acertam. Riem-se. Esperam. Um dos guerreiros aventura-se a trepar o cercado de vários metros. Sobe pelos troncos, hesita, escorrega, volta a subir, atinge as pontas pontiagudas, espreita, demora-se uns minutos. Os outros aguardam. Estão impacientes. O guerreiro desce. Tem os olhos fora das órbitas. Treme.
– Perdeu a fala – diz um.
A frase arrasta-se de boca em boca. É envolvida pela saliva, é enxertada, cresce, ganha novas dimensões e chega aos ouvidos de Maguiguane.
Enlouquecidos pela fome os homens devoram as mulheres e as mulheres devoram as crianças. O rei e os maiores apontam a dedo a carne para o repasto. Ninguém fala no Kocolene. Macanhangana ri. Os trinta mil guerreiros riem. Macanhangana dorme. E a frase volta ao princípio.
– É verdade?
– Não sabemos. Este homem perdeu a fala. Queres tentar subir? – Não. Ainda quero contar isto aos meus filhos.
– E tu?
– Não.
– Por quê?
– Isto não é guerra, irmão.
– Tens razão.

## VI

A lança corta o ar. Perfura a parede de adobe. Treme. Um som eleva-se e perde-se no ar. Uma racha sulca a parede, fina, tremente, sinuosa. Uma segunda lança perfura a parede uns centímetros acima.

A racha alarga-se, cobre a parede de cima a baixo e pequenas lascas caem, soltas, perdidas. Binguane olha para a racha e não lhe ocorre nenhuma imagem. Xipenanyane vê a fratura e nada lhe ocorre. Uma terceira lança é atirada. O som mantém-se no ar por segundos e lascas maiores saltam, chorosas.

— Se Maparato não vier até amanhã atacamos — diz Binguane.
— Já devíamos ter feito isso há muito tempo.
— Eles são mais de vinte mil. E nós não passamos de cinco mil, Xipenanyane. É por isso que aguardamos Maparato.
— E quantos de nós já morreram?
— Alguns.
— Alguns? Já estamos mortos, todos nós, pai. É por isso que me pergunto sempre: que guerra é esta?
— Pergunta a Maguiguane.
— Nunca falarei com esse vassalo nguni.
— Nem ele contigo, Xipenanyane. Mas deixemos isso. É preciso reunir os guerreiros.

Separam-se. Ao longo de toda a fortificação veem-se guerreiros a comer com sofreguidão os escudos de pele que os protegeram em intermináveis batalhas. Cadáveres sem sepultura jazem à superfície da terra revolvida na procura de raízes inexistentes. Crianças de barrigas enormes caçam moscas verdes que esvoaçam sobre os cadáveres. Mulheres com crianças ao colo circulam como sonâmbulas sem destino pelo cercado. Xipenanyane aproxima-se da ponta norte do cercado. Vê guerreiros lutando pela posse de bosta fresca da última cabeça de gado abatida para os chefes. Três guerreiros lutam pela posse dos líquidos intestinais. Um pouco distante da cena uma mulher dá a sua urina a uma criança. Os arbustos que outrora povoavam o cercado desapareceram. As casas envelheceram. Os velhos, incapazes de se susterem com as bengalas, circulavam pela fortificação de gatas. Os miúdos, convencidos da existência de ratos, passavam as tardes fazendo ratoeiras que destruíam na manhã seguinte. E já ninguém chorava. Todos riam. Um riso que parava nos lábios. Xipenanyane leva as mãos ao rosto e entra numa cubata. Do outro lado da fortificação elevam-se gargalhadas sonoras.

## VII

Os guerreiros saltam na planície. Maguiguane circula à luz do dia. As lanças voltam a ter o brilho da vida. Os escudos desembaraçam-se dos ratos. Os dias voltam a ser dias. Os risos renovam-se. Batuques troam. O vento é outro. As árvores são outras. A terra é outra. O sangue é outro. A guerra de todos os séculos aproxima-se. O rei, a milhas de distância, acorda bem-disposto e pergunta pela guerra. Maguiguane está satisfeito. Macanhangana sente que as mãos não tremem. Os guerreiros treinam. As lanças sibilam. Os escudos chocam-se.

— Atacamos amanhã, Macanhangana.

— Já devem estar mortos.

— As gerações vindouras regozijar-se-ão dos nossos feitos guerreiros.

Binguane sente que as palavras não lhe chegam à boca. Os guerreiros esperam. Xipenanyane avança. Já se sente rei. Os guerreiros ouvem-no. Esquecem-se de Binguane, o velho rei. Seguem as palavras de Xipenanyane. Sentem forças nas pernas. Seguram as lanças com as mãos. Mantêm-se firmes.

— Vamos lutar e morrer se for necessário, mas o nosso desprezo pelos Ngunis manter-se-á por séculos, por que esta terra é e será nossa. E se lutamos hoje é para que os nossos filhos não vejam as orelhas dilaceradas pelos Ngunis. O nosso "não" é para que as nossas mulheres não sejam escravas e os nossos filhos não engrossem as fileiras desse exército bárbaro. A razão pende para o nosso lado, guerreiros.

Iremos para a luta com a certeza da vitória, apesar deste cerco criminoso que moveram contra nós, um cerco que contraria os princípios mais elementares de uma guerra de homens, de uma guerra que os nossos antepassados mais remotos cultivaram com a certeza de que os homens olham-se de frente e as lanças chocam-se sob o olhar atento dos guerreiros. Lançaram esta guerra de serpentes pensando na nossa morte imediata. Mas estamos vivos e a nossa luta será por igual, apesar do elevado número de guerreiros que estão fora deste cercado.

Preparem-se para a vitória, guerreiros, preparem-se para matar esses invasores ngunis. A razão está do nosso lado e os espíritos protegem-nos.

– Há pouco estava eu a dizer a Macanhangana que o leão ruge na selva. Com isso quis dizer que é chegada a altura, guerreiros, de entrarmos em ação. Durante dias não tivemos outro objetivo senão dar oportunidade aos Machopes de virem a nós e entregarem as lanças, as zagaias e os escudos. Não o fizeram. E por uma razão muito simples: são animais. É isto que esquecemos, guerreiros. Um animal habituado à selva nunca conviverá com homens e muito menos seguirá as regras mais elementares da existência humana. E esta verdade não a inventei, disse-a o nosso rei Ngungunhane há muitos e muitos anos. Nessa altura ele convidou-os para esta grande comunidade de homens que somos e que construímos. Recusaram a nossa mão caridosa e preferiram andar a monte, incomodando-nos à noite com os seus uivos e estragando as nossas machambas. Houve alturas que chegamos a construir currais para esses animais Machopes,

mas eles preferiram a selva, aos dias sem rumo.
A nossa paciência tem limites, guerreiros. Hoje é o último dia que damos a Binguane para se entregar. Amanhã, caso não se entregue com os seus homens, passaremos sobre os cadáveres desses animais e convidaremos o nosso rei, esse imortal herói nguni, para que contemple a planície pejada de cadáveres que servirão de repasto às aves por séculos sem conta.
Não pensem que haverá guerra. Não, não haverá guerra. Nós não lutamos com animais. Nós matamos os animais. Se vos mando treinar é para afugentar a preguiça que cultivaram nestes dias de repouso. Por isso, preparem-se, guerreiros, não para a guerra, mas para matarem esses animais selvagens que se chamam Machopes.

## VIII

Chamas. Sangue. Gritos. Choros. Morte. Fuga...
Cadáveres...
A solidão acima de tudo. O silêncio depois da matança. O mundo sem sentido que fica. O vazio que paira depois do crime.
A morte não está com os mortos.
A morte ficou nos intrépidos guerreiros de Maguiguane.

## IX

A matança foi de tal ordem que gerações vindouras sentiram o cheiro de sangue quente misturado com capim. As populações da zona emigraram para sempre, incapazes de suportar o cheiro dos mortos que se colara ao adobe das cubatas. As famílias que resistiram ao êxodo durante meses viram-se na contingência de

abandonar a zona pelo simples fato de o milho ter o sabor do sangue humano, e a água dos poços conter restos de ossadas humanas.
A batalha durou uma manhã e uma tarde. Ao cair da noite a matança terminou. Xipenanyane e Maparato fugiram com alguns guerreiros, deixando o cadáver de Binguane e de outros guerreiros da corte chope. Face ao número elevado de cadáveres, Maguiguane ordenou aos seus homens que levantassem o acampamento. Fora da zona, Maguiguane obrigou os guerreiros a tocarem o batuque da vitória.
Mas ninguém, incluindo Maguiguane, se sentiu aliviado da tensão, da solidão.

## X

– Ngungunhane sentiu-se regozijado.
– Não, creio que não. O único gesto que fez foi agradecer aos guerreiros pela batalha heroica e recolher à cubata sem contemplar a cabeça do seu inimigo.

Os guerreiros dispersaram em silêncio. Macanhangana voltou a beber durante as noites. Maguiguane teve que chamar um curandeiro para tirar-lhe do corpo o cheiro dos mortos. E consta que os homens que voltaram a passar pela planície de Chirrime tiveram que circular sobre cadáveres apodrecidos e por apodrecer durante uma manhã, uma tarde e uma noite. Sobre os cadáveres jaziam aves mortas pelo excesso do repasto.

# FRAGMENTOS DO FIM (5)

"Felicito em nome do Governo português V. Exa. pelo brilhante feito de armas que acaba de praticar e recebo das suas mãos o ex-régulo de Gaza, Mdungazwe, vulgo Ngungunhane, Godide e Molungo, filho e tio do mesmo Gungunhana, assim como as mulheres deste Namatuco, Fussi, Pathina, Muzamussi, Malhalha, Lhésipe, Dabondi, ex-régulo de Zilhalha, Nwamatibjwana e mulheres deste Pambane, Oxaca e Debeza, traidores à Pátria que ousaram contra ela levantar armas. O Sr. Governador do distrito queira mandar lavrar o auto d'esta entrega e outro de reconhecimento de identidade dos referidos prisioneiros."

Palavras do senhor conselheiro Correia, governador interino de Moçambique, ao receber das mãos de Mouzinho d'Albuquerque, governador militar de Gaza, os prisioneiros de guerra – 6 de janeiro de 1896.

Ungulani Ba Ka Khosa

# O diário de Manua

*Ao Elias Cossa*

## Ualalapi

## I

Por entre os escombros daquilo que fora a última capital do império de Gaza encontraram um diário com uma letra tremida, imprecisa, tímida. As folhas, amontoadas ao acaso, estavam metidas numa caveira que repousava entre ossadas humanas e animais. Não há referência ao seu autor, mas sabe-se que pertenceu a Manua, filho de Ngungunhane, que em finais de julho de 1892 embarcou no paquete Pungué de Moçambique para Lourenço Marques. Os registros da época dizem que o paquete saiu manhã cedo. Velas enfunadas puxavam pequenas barcaças à costa. Nuvens escuras cobriam o céu. Dois moços acenavam com chapéus ao amigo que desaparecia no navio. Uma chuva miúda acompanhou o barco até ao mar alto, fora do horizonte das pessoas que não ia muito além das poucas milhas da costa onde o mar glauco e revolto levantava ondas que se desfaziam nas pedras do Pré-Câmbrico, despojadas das escarpas que foram testemunhas de cenas várias, como a do viajante zarolho que por estas terras aportou com um volumoso manuscrito entre as mãos e que mais versos fez, cantando esta ilha enquanto saciava a sede e a fome que o atormentava, ante o espanto e a comiseração das negras islamizadas ao verem um branco esquálido, longe de saberem que aquele homem magro e famélico relançaria ao mundo uma terra que os pedestres de pés cambados percorrem numa semana sem outro esforço que olhar a paisagem.

Na primeira noite, contrariando o hábito secular dos nguni, Manua comeu peixe. Achou-o saboroso e vituperou a sua prole. Bebeu um litro de vinho, arrotou e saiu da mesa. Passou pela ponte, cumprimentou o capitão e postou-se na amurada do navio, fumando um cigarro, enquanto olhava para as estrelas e para a lua que atirava fiapos de luz à esteira prateada que o navio sulcava. O marulhar das águas reconfortou-lhe o espírito. Recolheu ao beliche que lhe estava reservado e dormiu. Sonhou com lanças e savanas secas e verdejantes. Viu serpentes a enrodilharem-se no corpo bojudo do pai e sorriu. Ao findar da madrugada acordou sobressaltado. Pancadas insistentes e ferozes caíram na porta do camarote. Puxou os lençóis para o lado esquerdo, saltou da cama e, já junto à porta, sentiu algo viscoso e escorregadio a colar-se às plantas dos pés. Arroz em pasta cobria o soalho. Cabeças de peixe com olhos brilhantes e reluzentes repousavam à superfície da pasta de arroz. O vinho coloria, aqui e ali, o arroz que um líquido amarelo azedava. Bolhas enormes rebentavam de segundo a segundo. Era o seu vômito. Incrédulo ainda ficou parado, contemplando o vômito. As mãos escorreram pela porta. O corpo foi-se dobrando. Os joelhos assentaram no chão. Chorava. O cheiro começou a invadir as narinas. Levou a mão direita ao nariz. Voltaram a bater à porta. Com a ajuda das mãos ergueu-se e abriu a porta. O comandante do navio e os seus dois lugar-tenentes olhavam-no com certa gravidade.

– Tens a sorte de seres filho do rei, rapaz – disse o comandante. – Caso contrário limpavas esta merda toda e atirava-te depois pela borda fora, seu preto... Olha para esta porcaria... Olha, vê bem a merda que fizeste...

Um fio que ia alargando até ocupar a extensão do corredor saía do camarote. Era o vômito. O vômito com tonalidades vermelhas e amarelas. Eram cabeças de peixes. Era o cheiro. Eram as moscas a zumbir. Inacreditável, pensou Manua. Sentiu tremores nas pernas, transpirou pelos sovacos e encostou-se à parede do corredor. A boca estava seca e os olhos, tais como os dos peixes, saíam das órbitas, enormes.

– Siga-me – disse o capitão do navio.

Em todo o lado o vômito cobria o soalho, vermelho, amarelo. Dos peixes só se viam as cabeças enormes. As moscas percorriam os corredores, entravam nos camarotes, cobriam a ponte e zumbiam. Os passageiros, encostados à amurada do navio, vomitavam, incapazes de suportar aquele chão pegajoso, lamacento, sujo e malcheiroso. O mar, em redor do barco, tomava a cor do vômito. Peixes vinham à superfície, mortos. As mulheres gritavam, histéricas. As crianças desmaiavam. Os homens berravam, insultavam, falavam dos pais e avós. Os faxinas corriam de uma ponta a outra do paquete com panos e água sem saberem por onde começarem. E Manua chorava. Minutos depois recolheu ao beliche. Levantou os lençóis e viu-os impecáveis, excetuando um borrão de esperma. Olhou para a roupa e viu-a sem nódoas, excetuando a parte dos joelhos. Sentou-se na borda da cama. Os faxinas entraram no camarote e limparam o soalho, olhando de soslaio o preto, filho do rei que os Portugueses tanto temiam.

Saíram. Manua abriu a maleta, tirou papéis, uma caneta e tinta. Escreveu. Falou do pai e chamou-o de ignorante e feiticeiro. Falou do seu tempo de estudante, afirmando que uma vez borrou o quarto de merda durante a noite, deixando a cama limpa. "Hoje", escreveu a dado passo, "vomitei." O comandante do navio nada entende de feitiço. Se compreendesse alguma coisa talvez entendesse o fato de eu ter sido dos poucos na minha tribo que teve acesso ao mundo dos brancos, à sua língua, aos seus costumes e à sua ciência. Mas ele não pode entender o mundo negro, os nossos costumes bárbaros, a inveja que norteia a nossa vida e as intrigas que nos matam diariamente. Quando eu for imperador eliminarei estas práticas adversas ao Senhor, pai dos céus e da Terra. Serei dos primeiros, nestas terras africanas, a aceitar e assumir os costumes nobres dos brancos, homens que estimo desde o primeiro dia em que tive acesso ao seu civismo são.

A mão tremeu, não conseguiu continuar. Dobrou o papel em quatro partes, guardou-o na maleta e atirou-se à cama, tentando dormir. Ao cair da noite ainda se ouvia o barulho das escovas sobre o pavimento de madeira. Não quis comer. Esperou que os passageiros recolhessem aos camarotes de modo a poder sair.

– Vocês admitem pretos nestes barcos e o resultado é este, capitão. O senhor sabe que a minha mulher desmaiou?

– Não. Mas o senhor deve compreender que o moço é o filho do rei das terras do Sul.

– Qual rei, qual merda, os pretos nunca tiveram reis, capitão! Isso é história. No seu lugar atirava-o pela borda fora. É o que ele precisa, preto de merda.

– O senhor tem razão – disse um terceiro, acercando-se. – O comandante devia atirá-lo ao mar.

– Isso não faço. Mas custa-me acreditar que o moço tenha enchido o navio de vômitos.

– O capitão anda a insinuar o quê? Eh!... O senhor acha que um branco como eu e outros que por aqui andam não sabem onde devem vomitar?

– Eu não queria dizer isso, mas custa-me acreditar neste fato.

– Isso é bruxaria – disse o primeiro interlocutor do capitão. – Andei eu este tempo todo pelo sertão e vi coisas incríveis, capitão. Se vos disser que vi aldeias a envelhecer do dia para a noite, vocês acreditariam?

– Conte lá bem essa história – pediu o capitão.

– Conto-vos, lá isso conto-vos, e não pensem que quem conta uma história acrescenta um ponto. O que vos vou contar é tão verdadeiro como verdadeiro é o nome de Maria das Dores que a minha mulher leva e que tanto sofreu com os vômitos deste preto malvado. A história não se passou há muito tempo, foi há bem pouco tempo, e para comprovar isso é a minha presença neste navio que me leva a mim e à minha mulher para Lourenço Marques. Estava eu e mais uns portugueses à caça dos vendedores de escravos, esse comércio abominável feito por pretos, quando soubemos, por um informador negro, que estávamos a um dia de marcha duma aldeia com escravos para embarcar para Madagascar. Caminhamos durante a manhã, a tarde e parte da noite pelo sertão, sujeitos a todos os perigos, quando ouvimos, já noite alta, vozes estridentes. Estávamos a dois passos da aldeia. Havia fogo no terreiro. Os pretos dançavam. As mulheres, nuas, dobravam-se que nem uma cobra ao som do tambor que ensurdeceria a qualquer de nós portugueses, não fosse o hábito que temos de andar por estas terras. Estavam de tal modo bêbados que faziam as vergonhas da cama em plena luz do luar. O nosso erro foi de não os atacar naquela noite. Optamos por cercar a aldeia e esperarmos pela luz do Sol. E assim fizemos. Ao raiar do dia entramos na aldeia com as armas em riste e encontramo-la deserta. E para nosso espanto havia termiteiras por todo o lado e as palhotas caíam ao mínimo toque. Nas árvores só víamos macacos. Inacreditável. Espancamos o informador. O preto, a contorcer-se de dores, afirmou-nos que era feitiço o que víamos, pois os homens, segundo ele, estavam nas árvores, transformados em macacos, e as mulheres eram as termiteiras que enchiam a aldeia. Não acreditamos. Saímos da aldeia e durante a manhã os macacos perseguiram-nos à distância. A meio da manhã almoçamos debaixo das árvores e veio-me a ideia de voltar à aldeia. O guia acompanhou-me. Ao cair da noite chegamos à aldeia. As casas estavam novas e os pretos dançavam e bebiam.

– Inacreditável – disse o capitão.

O outro manteve os olhos abertos.

– É isso. Que cortem os tomates do meu pai se minto. Vi eu com estes olhos. E sabem o que fiz? Deixei a farda sobre a secretária do comandante e embarquei neste navio com a minha mulher. Vou abrir uma loja em Lourenço Marques. E se não volto à Europa é porque não tenho um tostão no bolso, capitão. Tenho que viver ainda por largos anos no meio destes pretos. E há mais histórias por aí. E pensando bem, capitão, a melhor coisa a fazer é colocar dois homens à porta do camarote do moço. O que o miúdo fez foi para mostrar aos brancos a força da bruxaria destes pretos.

– Você tem razão, senhor...
– Antônio Matos.
– Certo, senhor Antônio Matos. É preciso ter o estômago duma baleia para tirar um vômito destes. Meto dois homens à porta do camarote e não o deixo sair, nem para a casa de banho, preto de merda.

– É a melhor coisa que faz, capitão. Há pessoas por aqui que estão na disposição de esfaqueá-lo. Já vi um preto a ser esfaqueado. Em vez de sangue saía água, capitão.

– Que raça!

– Se eu fosse rei tirava os Portugueses destas terras e deixava os pretos na sua vida selvagem, pois de nada nos vale estar aqui com histórias de civilização. Estes pretos gozam conosco, capitão. Você diz que o moço esteve a estudar. Mas eu aposto consigo que o miúdo, ao chegar à terra, tira as calças e os sapatos e volta a vestir os saiotes de pele.

– Estes pretos são duros de roer.
– É verdade.
– Está-se a fazer tarde para mim. A senhora deve estar preocupada, coitada. Boa noite.
– Boa noite.

Dispersaram. Manua tirou o ouvido da porta e chorou. O navio oscilou para a direita e voltou à posição inicial. Os passos foram-se perdendo nos corredores do navio. O capitão dirigiu-se à cabine do comando. Manua atirou-se à cama.

O diário não faz referência aos dias subsequentes. Mas sabe-se, por outras fontes, que o moço não saiu do camarote. Os dois guardas tentaram convencer meio mundo que viram luzes estranhas a circular pelo navio. Mas ninguém acreditou. No dia 2 de agosto o paquete atracou no porto de Lourenço Marques. As malas saíram dos camarotes. Os passageiros começaram a descer. Manua foi dos últimos a descer. Dois guerreiros aguardavam-no. Traziam lanças e escudos. O sol ia a metade do céu. Havia camadas de poeira no ar. Os brancos, em grupos de dois, três e quatro aguardavam Manua. Alguns estavam atemorizados pelas histórias que os passageiros contaram, pois não foram poucos os que afirmaram que o moço, além de vomitar, meteu o vento pelos camarotes adentro, fazendo esvoaçar a roupa e incomodando as pessoas. Quando se saía dos camarotes, o vento, calmo, a ninguém incomodava.

E o pior, compadre, foi a vez que acordamos sobressaltados com os peixes que entravam pelos lençóis adentro. Eram peixes deste tamanho, grandes. E por que não os apanharam, compadre? Se não apanhamos? Cada vez que ia um pela borda fora apareciam cinco, compadre. Que bruxaria... E não os comeram? Não diga isso, compadre, tinham patas. O quê? Patas, compadre. Pareciam lagartos, compadre. Deviam queimar o moço, compadre. Aquilo era só pegar-lhe e deitar-lhe no forno. Isso não dava nada. Talvez, mas atirava-o pela borda fora, pois já o meu avô dizia: morre o bicho, acaba-se com a peçonha. Não nos chame parvos, compadre. O capitão tinha uns tipos armados à porta do preto. Vocês são uns cobardolas. Nada disso. Olhe para aquele homem adiante, andou pelo sertão e disse-nos que não valia a pena matar o moço, pois vira uma vez um preto a ser esfaqueado e em vez de sangue saía aguardente, e da boa, compadre. Aguardente? Aguardente, compadre. Que bruxaria! Por aqui acontecem coisas, mas até a esse ponto, não. Olhe, vem aí o moço. Veste-se como um branco, compadre. O miúdo não tem cara de maltês, não. E estudou muito mais que o compadre. Não diga isso, compadre, que escrever sei eu. Mas o moço tirou o curso de artes e ofícios. Nada vale um curso desses nas mãos de um preto. Deve ter razão, mas o moço fala bem o português. Qual português, qual quê... Olhe, o moço tem olhos de bêbado. É da bebedeira que apanhou. O capitão disse que o moço bebeu um barril de vinho. E com razão, pois um vômito daqueles era de enjoar uma baleia, compadre. O vinho é o negócio forte aqui. É da raça, bebem que nem uns cães. Mas o moço está envergonhado; é da bruxaria, compadre. Tem razão. E olhe para os pretos que o esperam. É a tropa deles, compadre? E onde se vai hospedar? Na minha estalagem é que não, de bruxarias ando eu farto; mas é possível que vá à casa dos Albasines. Quem são? Uns mulatos. Lá se entendem. Vamos que se está a fazer tarde, compadre, a patroa tem um cabrito no forno.

## II

De 1892 a 1895, ano da sua morte, o diário nada diz, pois as folhas foram comidas pelos ratos. As letras que restaram estão soltas. Juntando as cinco letras tem-se a palavra "morte". Ou temor. Ou tremo.

Kamal Samade, que pela capital passou, deixou as suas impressões em árabe, escritas em folhas desordenadas. Pela sua pena sabe-se que Manua, desde a chegada, tornou-se taciturno e mais bêbado do que nunca. Era normal vê-lo fumando mbangui. Os sapatos já não tinham solas e a roupa perdera a cor primeira.

Era um sonâmbulo, rematava Kamal Samade. Buinsanto, que se refugiara no Transvaal depois da queda do império, afirmou que o seu irmão Manua bebia com muita sofreguidão devido ao feitiço dos bisavôs que se irritaram por aqueles modos estrangeiros no andar, no vestir e no falar. O pênis minguava de dia para dia. No dia da sua morte acordou sem nada entre as coxas e apanhou a maior bebedeira de sempre. Manhune transmitira ao filho e ao neto que Manua fora envenenado pelo pai, pois era uma vergonha para os Ngunis ver um filho seu assimilar costumes de outros povos estrangeiros. "E o pior", dizia Manhune, "Manua parecia um chope, pois era subserviente aos Portugueses." "Matem-no na próxima oportunidade", disse Ngungunhane num dos encontros que teve com os maiores do reino. Sonie, que fora a inkonsikazi de Ngungunhane, contara, depois do desterro do marido, que Manua estava já louco quando entrou na capital do reino, Mangoanhana. Falava constantemente sozinho a língua dos brancos. Andava como um doido pelas ruas da capital, insultando a todos. "Nos primeiros dias ainda toleramos o miúdo, pois chegamos a pensar que era assim que os brancos faziam quando estudavam. Mas depressa vimos que não, pois Manua começou a mudar a ordem dos dias, dormindo à tarde, fazendo da noite manhã e da manhã tarde. Era triste. O curandeiro de Ngungunhane dissera a todos que o miúdo comera peixe, coisa que ninguém acreditou, apesar de Manua falar constantemente em peixe."

## III

No dia da sua morte, ocorrida em março de 1895, Manua acordou às cinco da manhã. A cacimba cobria Mangoanhana.

Ouvia-se o tossir espaçado das pessoas idosas. Havia fogo nas traseiras das palhotas. Os cães latiam, famélicos. Os guerreiros circulavam pelas cercanias da capital à procura de gafanhotos. As mulheres, com bilhas à ilharga, iam à água. Ngungunhane dormia.
Manua, com os olhos ainda ensonados, emergiu pela portinhola da sua cubata. Viu os contornos das árvores. Viu as ancas das mulheres a roçarem as bilhas. Aspirou o ar matinal e espreguiçou-se. Estava magro e sujo. Os olhos estavam vermelhos.
— Não me digas que passaste a noite a contar os paus do teto, Manua — perguntou Iomadamo, irmão de Manua.
— Não, dormi bem — retrucou.
— Tens os olhos vermelhos.
— Sempre foram vermelhos.
— A tartaruga caminha com a sua casa, Manua.
— Mete-te na tua vida, Iomadamo...
O irmão olhou-o e nada disse. A cacimba desapareceu. O sol subia. Manua, sentindo a umidade do solo a roçar-lhe as plantas dos pés, foi aos currais que ficavam a sul da capital do império. O pouco gado que restava, pastava nas redondezas. Os guerreiros traziam gafanhotos em pequenos cestos. As mulheres vinham com bilhas de água na cabeça. Havia jogo nas cubatas. Fumou mbangui. Viu estrelas a descerem do céu. Viu as águas a cobrirem o império e Ngungunhane a boiar nas águas, incapaz de nadar. Os olhos do rei aumentavam de tamanho. O corpo medrava rapidamente. Rebentou. Tripas e bocados de carne andavam à deriva sobre as águas vermelhas, azuis, pretas. A água começou a baixar. Manua ria. Soltava gargalhadas fortes. Dormiu. Os guerreiros olharam-no, abanaram as cabeças e desapareceram nas palhotas do acampamento. Ngungunhane acordou. Sonie tomava banho. Godide treinava com uma lança. Iomadamo bebia. Maguiguane estava longe da capital. A manhã

crescia. As crianças brincavam. O império gemia. Os portugueses aguardavam. Os guerreiros comiam gafanhotos. O rei comia carne de vaca. As mulheres mais filhos tinham. As crianças choravam. Os bois mugiam. As moscas zumbiam. Os lagartos aproximavam-se das clareiras. O fogo queimava os troncos. O fumo perdia-se no ar. Manua acordou. Escreveu na areia o seu nome e recolheu à cubata. Trouxeram-lhe vinte litros de sope, nome que leva a aguardente preparada nestas terras tsongas. Bebeu. A manhã passou. A tarde entrou. As mulheres riam. Ngungunhane dormia com Sonie. Godide passeava. Iomadamo falava. Buinsanto olhava o gado magro. Os guerreiros treinavam. As lanças erguiam-se. Os escudos colavam-se aos corpos. O sol baixava. Manua bebia. Godide recolhia ao lar. Iomadamo conversava com o curandeiro. Buinsanto falava com os rapazes do gado. Manua berrava. Ngungunhane acordou. Sonie vestia-se. Os guerreiros saltavam e cantavam. Manua viu ratos a entrarem na cubata. Cercaram-no. Subiram pelo corpo. Roeram a camisa, as calças, os sapatos, os papéis, o teto. Quis sair. Viu serpentes à porta. Recuou. Fechou os olhos. Sentiu o cabelo a ser devorado. Tentou matá-los. Aumentavam de número. Enchiam a casa. A noite entrava. Manua berrava. Ninguém acudia. "Está louco", diziam. Uma coruja piou. Ngungunhane dormia. Sonie sonhava com capulanas. Godide via o império a seus pés. Cuiu viu em sonhos o seu sobrinho Ngungunhane a rastejar como uma serpente aos pés dos portugueses. Manua arfava. A lua despontava. A coruja piou de novo. Os cães latiram. O garrafão de sope caiu, o líquido espalhou-se pelo chão. Os ratos molharam-se. Alguns apanharam bebedeira. A porta caiu. Manua morreu. A coruja piou. Os cães latiram. Os ratos roíam o corpo de Manua. A noite passou. A manhã nasceu. As mulheres foram à água. Os guerreiros foram à caça de gafanhotos. Ngungunhane dormia.

Acordaram-no. "Teu filho morreu", disseram. "Quem?", perguntou. "Manua." "Enterrem-no", respondeu e dormiu. A manhã cresceu. Os gafanhotos desapareceram. As nuvens fugiram do céu. O império gemia.

# FRAGMENTOS DO FIM (6)

"*A mingi bonanga e mizeni yenu*
*Ngi ya hamba, manje mizokusebendza*
*ni bafazi benu...*"

"Jamais me vistes em vossas casas...
É verdade que me vou, mas sereis escravizados com as vossas mulheres..."

Palavras últimas de Ngungunhane antes do embarque.

Ungulani Ba Ka Khosa

# O último discurso de Ngungunhane

*À Teresa Manjate*

"Erguer-se-á povo contra povo e reino contra reino e haverá fomes, pestes e terramotos em vários sítios. Tudo isto será apenas o princípio das dores."

Mateus 24:7,8

## Ualalapi

Virou-se repentinamente para a multidão que o vaiava, a uns metros do paquete que o levaria ao exílio, e gritou como nunca, silenciando as aves e o vento galerno, petrificando os homens e as mulheres com as palavras que saíam em catadupa e que percorreram, em outras bocas, gerações e gerações em noites de vigília e insônias, dada a força premonitiva que carregavam nessa manhã sem outro registro que o mar sem ondas, o paquete atracado, o sol com a mesma cor, as nuvens de todos os tempos, a multidão concentrada, Ngungunhane falando, e o corpo bojudo oscilando para a direita e para a esquerda, enquanto os olhos reluziam e as mãos tremiam ao ritmo das palavras que cresciam, de minuto a minuto, como agora em que Ngungunhane dizia a todos, "Podeis rir, homens, podeis aviltar-me, mas ficai sabendo que a noite voltará a cair nesta terra amaldiçoada que só teve momentos felizes com a chegada dos Ngunis que vos tiraram dos abismos infindáveis da cegueira e da devassidão. Fomos nós, homens, que vos tiramos da noite que vos tolhia à entrada ao mundo da luz e da felicidade. As nossas lanças tiraram as cataratas fossilizadas que ostentavam e os nossos escudos esconjuraram os males de séculos e séculos que carregavam no corpo putrefato. E hoje, corja de assassinos e covardes, ousais achincalhar-me com toda a força dos pulmões rotos que tendes. É a paga, eu sei, dos bens que os nguni fizeram. Mas ficai sabendo, seus cães, que o vento trará das profundezas dos séculos o odor dos vossos crimes e viverão a vossa curta vida tentando afastar as imagens infaustas dos males dos vossos pais, avós, pais dos vossos avós e outra gente da vossa estirpe. Começareis a odiar os vossos vizinhos, increpando-os dos males que padecerão nas palhotas sem idade. O ódio alastrar-se-á de família em família, atingindo os animais da vossa estima que passarão a lutar pelos pastos, se de gado bovino ou caprino se tratar. Os galos não se meterão com as galinhas da vizinha e os ratos dividir-se-ão por casas e roerão os bens de uma só família ao longo de gerações e gerações. E aí, seus cães, não terão coragem de erguer a cabeça. A corcova será de tal ordem que tereis filhos e netos com uma bossa interminável e hereditária!"

– Há pormenores que o tempo vai esboroando – disse o velho, tossindo. Colocou duas achas no fogo e soprou. Novelos de fumo passaram pelo rosto. Pequenas lágrimas saíram dos olhos cansados e tocaram na pele coberta de escarnas. Afastei os papéis. Olhei-o. Era noite.

Era miúdo ainda – prosseguiu – quando o meu avô me contava histórias de Ngungunhane. E eu tinha medo. Um medo que hoje não consigo explicar. Mas era medo. Quando dormia sonhava sempre com lanças e escudos a chocarem-se na planície, numa planície sem guerreiros, mas com escudos e lanças que se movimentavam, chocando constantemente. Nunca contei ao meu avô os meus sonhos. Receava que ele parasse de contar as histórias de Ngungunhane. E quando contava a voz tremia e os gestos seguiam o ritmo da voz. Morreu a dormir, sonhando alto. De manhã, ao entrar na sua cubata, vi-o deitado ao comprido, olhando o teto. Falava. A voz tocava-me profundamente. Durante horas seguidas ouvi-o falar. Quis acordá-lo, pois já era tarde. Ao tocá-lo notei que o corpo estava frio. Há muito que tinha morrido. Tiveram que o enterrar imediatamente para que os vizinhos não nos chamassem feiticeiros. E o nosso espanto foi ouvir a voz saindo da cova, uma voz como que vinda de escarpas abissais. O meu pai teve que sentar-se sobre a sepultura e acompanhar, movimentando a boca, a voz do defunto. Os vizinhos e outros familiares distantes sentiram pena do meu pai, pois pensaram que estivesse louco. Noite e dia, durante uma semana e meia, o meu pai abria e fechava a boca.

– Como é que se chamava?

— O meu avô?
— Sim.
— Somapunga. E ele, ao contar-me as histórias de Ngungunhane, repisava alguns aspectos de que o meu pai se esquecia e que tu omitiste. E são pormenores importantes.
— Não me recordo de ter omitido nada.
— Quando Ngungunhane falava à multidão que o vaiava, uma mulher, sem aparências de gravidez, teve uma criança sem olhos e sexo. Dois homens tiveram um colapso cardíaco.
— E ninguém reparou?
— Petrificados que estavam com as palavras de Ngungunhane, creio terem sido poucos os que viram.
— A mulher não gritou?
— Não. Deve ter aberto os olhos e a boca antes de desmaiar. Quando deram por ela já estava morta. E o que impressionou as pessoas foi o sangue escorrendo em direção à fortaleza. O sangue era negro como a nossa pele. E à medida que avançava abria um pequeno sulco pela encosta acima. Os portugueses cobriram com saibro.
— Interessante.
— É, é interessante – disse o velho, soprando o fogo. Pequenas faúlhas saltaram e desapareceram na noite.

"Estes homens da cor do cabrito esfolado que hoje aplaudis entrarão nas vossas aldeias com o barulho das suas armas e o chicote do comprimento da jiboia. Chamarão pessoa por pessoa, registrando-vos em papéis que enlouqueceram Manua e que vos aprisionarão.

Os nomes que vêm dos vossos antepassados esquecidos morrerão por todo o sempre, porque dar-vos-ão os nomes que bem lhes aprouver, chamando-vos merda e vocês agradecendo.

Exigir-vos-ão papéis até na retrete, como se não bastasse a palavra, a palavra que vem dos nossos antepassados, a palavra que impôs a ordem nestas terras sem ordem, a palavra que tirou crianças dos ventres das vossas mães e mulheres. O papel com rabiscos norteará a vossa vida e a vossa morte, filhos das trevas. As mulheres, que tanto estimais, passarão a ser fornicadas como animais nas vossas casas ou nas traseiras das casas destes animais que hoje respeitais mais que os vossos irmãos nguni. Os gritos de dor e de prazer das mulheres perseguir-vos-ão por todo o lado e passareis noites e noites contando os paus do teto, incapazes de se vingarem da infâmia que tocou as mulheres. Muitos de entre vocês suicidar-se-ão em árvores anãs ou entregar-se-ão aos crocodilos que vos rejeitarão pela covardia que transportam, e flutuarão pelas águas durante anos e anos sem que um animal aquático se aproxime da carne putrefata. Outros suportarão a dor e a ignomínia e passarão a acompanhar a mulher à casa do branco, mantendo-se na escuridão do pátio, enquanto a mulher transpõe a porta e entra no quarto donde sairá com insultos do branco que a obriga a tomar banho antes de entrar nos lençóis cheios de esperma e lama, como se ela não tivesse tomado banho de manhã e à tarde, no rio ou em casa. O marido suportará estes insultos ouvindo a água a escorrer pela cútis negra e limpa enquanto aguarda, com um olhar de cadáver, o estertor maníaco do branco e o ofegar da mulher que se contorcerá na cama, libertando sons do fim dos tempos que rebentarão com os tímpanos e as veias donde escorrerá o sangue e as lágrimas da vergonha que atingirão o ponto culminante a altas horas da noite, quando o branco, do parapeito da janela, atirar a moeda da fome que procurará como um sonâmbulo na noite sem estrelas. Seguirá para casa silencioso, incapaz de falar com a mulher que vai tropeçando nos escolhos, envergonhada, aviltada.

E por todo o lado, como uma doença que a todos ataca, começarão a nascer crianças com a pele da cor do mijo que expelis com agrado nas manhãs. Serão crianças da infâmia. E pela primeira vez na vossa vida vereis filhos rejeitando as mães que se atirarão às casas onde o corpo se venderá ao preço do pão, fornicando com as crias que desconhecem e apontando ao acaso os presumíveis pais da caterva de miúdos que nascem às dezenas. As doenças nunca vistas tocar-vos-ão a todos, e não darão ouvidos ao curandeiro porque haverá casas onde espetarão ferros pelo corpo; e haverá homens com vestes de mulher que percorrerão campos e aldeias, obrigando-vos a confessar males cometidos e não cometidos, convencendo-vos de que os espíritos nada fazem, pois tudo o que existe na Terra e nos céus está sob o comando do ser que ninguém conhece mas que acompanha os vossos passos e as vossas palavras e os vossos atos. A noite terá caído definitivamente nestas terras que mudarão de face com o vosso suor.

Abrirão estradas, rebentarão os pés e as mãos, beberão o sangue dos vossos irmãos combalidos e verão as vossas mulheres parindo pedras e troncos em plena estrada sem que possam mexer um dedo, porque o chicote que estes fabricarão de minuto a minuto rebentará com as vossas costas cheias de escarpas fossilizadas. Começarão a abandonar as vossas aldeias ante a vergonha e a impotência de verem as vossas filhas violadas em plena rua, os vossos pais mortos como reses, os vossos irmãos chicoteados por se peidarem de medo frente ao branco que vos aviltará por todo o sempre, queimando as vossas casas, usurpando a terra que vem dos vossos antepassados, cobrando as moedas pelas palhotas que erguestes com suor, obrigando-vos a trabalhar em machambas enormes, onde dia e noite andarão como sonâmbulos, comendo jiboias e macacos, lavrando a terra com os dedos descarnados e tirando a merda da criança do vosso patrão.

E por onde andardes encontrarão as mesmas imagens, a mesma degradação, o mesmo crescimento. Os vossos irmãos pedir-vos-ão os papéis que não terão em dia e entrarão em casas cheias de ferros e ficarão loucos. Começarão a rugir, treparão as paredes como lagartos cegos e uivarão como hienas famintas pela noite adentro. De manhã tirar-vos-ão dos quartos nus, com correntes pelos pés, como o gado prestes a ser abatido. Não dormireis com as vossas mulheres que se limitarão a olhar-vos e a dizerem as palavras de sempre no tempo programado para a visita. Meses depois dir-vos-ão que a vossa mulher teve um filho da cor do mijo. Rebentarão com as grades e atirar-se-ão à noite a caminho da casa onde retalharão em bocados a vossa mulher inocente. E voltarão para toda a vida à cadeia, vendo o sexo a minguar de dia para dia. E os que não suportarem entregarão o traseiro ou perseguirão as crianças presas, fazendo-as mulheres, mimando-as como mimam as vossas mulheres, ralhando-lhes como ralham as vossas mulheres. E aí o mundo terá mudado para sempre."

– Ngungunhane babava – disse o velho.
– E já não via ninguém.
– Pois, é isso, já não via ninguém com os olhos reluzentes. Estava no auge do discurso. E o mais impressionante eram as nuvens a desaparecerem do céu e os brancos, sem nada entenderem, tinham os cabelos eriçados.

"Fora das grades os vossos netos esquecer-se-ão da língua dos seus antepassados, insultarão os pais e envergonhar-se-ão das mães descalças e ocultarão as casas aos amigos. A nossa história e os nossos hábitos serão vituperados nas escolas sob o olhar atento dos homens com vestes de mulher que obrigarão as crianças a falar da minha morte e a chamarem-me criminoso e canibal. As crianças rir-se-ão desta vergonha que os velhos sem auditório tentarão redimir dando a versão que ninguém escutará. Por todo o lado, filhos das trevas, verão a morte a estampar-se nas casas que forem erguendo. Andarão como lagartos por estas terras, procurando a luz para aquecer as vossas escamas de sáurios. E à noite, atravancados nas casas, sentirão passos estranhos a calcarem as varandas e a aproximarem-se da porta onde ficarão estampados por séculos os contornos das orelhas que escutarão o que não disserem. A morte e o luto espalhar-se-ão por estas terras e o preto sobrepor-se-á à negrura da vossa pele farta de caminhar entre cadáveres vivos e apodrecidos que se espalharão pelas ruas. E chegará o tempo em que fugirão para o mato, onde começarão a caçar os homens da vossa perdição, matando um aqui e outro ali. Aí respirarão o ar da vossa existência por pouco tempo, pois começarão a odiar-se e a matar-se por pensarem no trono antes de o conquistarem. Haverá sangue a correr, chamar-se-ão nomes que a vossa língua não comporta e voltarão a procurar os curandeiros da vossa salvação que passarão a cobrar pela mesma moeda o que o cantineiro vos cobra pelo arroz. Matarão à distância o vosso opositor, fazendo-o emergir na bacia de morte onde a água tomará a cor do sangue. Lançarão abelhas mortíferas aos vossos inimigos e haverá cacimbo ao meio-dia. Mas começarão a aprender novas doutrinas que rejeitarão os espíritos, os feiticeiros e curandeiros. Todos ou quase todos aceitarão o novo pastor, mas pela noite adentro muitos irão ao curandeiro e pedirão a raiz contra as balas do inimigo, porque não quererão morrer antes de saborearem a vitória, e o curandeiro pedirá o coração do inimigo que abaterão sem piedade na emboscada dos troncos que se movem. Em todo o lado sentir-se-ão heróis, pois a bala passará à distância e se vos tocar bastará um encosto à árvore que secará e que vos restituirá a saúde. Outros transformar-se-ão em serpentes, entrarão no campo inimigo, estudarão os seus passos e verão o quantitativo. E esta será a nossa guerra vitoriosa contra os homens que entraram nestas terras sem autorização de ninguém.

Muitos dos filhos destes homens ficarão nestas terras e aprenderão as nossas línguas e dançarão as nossas danças e casarão com as nossas mulheres à vista de toda a gente e serão nossos irmãos de verdade, porque conjurarão com os curandeiros do amanhã os seus males de séculos.

Chegada a vitória tereis um preto no trono destas terras. Exultareis de alegria ao ver subir panos na noite chuvosa da vossa vitória. Mas não tereis chegado ainda ao tempo da vossa felicidade, seus cães, porque a maldição que abraçou estas terras perdurará por séculos e séculos. E na ilusão da vossa vitória invadirão casas que erguestes e mudarão a ordem das coisas, passando a cagar onde deviam comer e a comer onde deviam cagar. A desordem será de tal ordem que as casas mudarão de cor, passando a ter a cor da morte que se instalará nas vossas terras que terão a extensão de meses e meses de percurso. Haverá chuvas de nunca acabar que arrasarão os campos e as cidades. As estradas rebentarão e começarão a surgir, pelas avenidas e ruas, serpentes com ninhos à vista de toda a gente e confundirão os seus silvos com os apitos desordenados de polícias em jejum de séculos à caça de ladrões profissionais que roubam cigarros, pilhas, batatas e restos de comida. Os carros de bois passarão a substituir as máquinas que deitam fumo e verão as ruas repletas de bostas secas e frescas que os homens recolherão nas noites infindáveis da fome.

Ávidos em se alimentarem, farão papas de merda que provocarão diarreia e vómitos que encherão as casas de cimento,

## Ualalapi

saindo depois pelos corredores e escadas sem degraus até aos jardins e ruas, provocando o dilúvio de diarreias e vómitos que afogarão crianças e velhos, homens e mulheres, que serão o alimento de ratos gigantes que terão a liberdade das avenidas e casas sem dono. Serão os primeiros dias da vossa desgraça que se completarão com os homens que correrão as matas, matando os pais e as mães, ávidos do tempo do chicote e das plantações de sonâmbulos. A confusão reinará por séculos e haverá suplícios ao fogo; rebentarão as barrigas grávidas de mulheres inocentes, obrigando os pais a comer os nados-mortos sem uma lágrima nos olhos. O sol mudará de cor e as nuvens afastar-se-ão do céu por tempos imprecisos, trazendo a chuva quando menos esperam e o sol quando se espera a chuva. E a fome chegará à loja onde os cantineiros passarão a vida a espantar as moscas, enquanto o povo inteiro transforma as ruas em cantinas. As cadeias multiplicar-se-ão e os homens do mando chegarão ao ponto de prender a todos porque todos venderão e comprarão coisas ao preço que ninguém sabe. E as ruas estarão desertas. E haverá chefes sem súditos. E terão que voltar ao princípio dos princípios. Eis o que é e o que será a vossa desgraça de séculos, homens. Agora riam-se à vontade, riam-se, homens!..."

– E olhou-os – disse o velho –, estava cansado. Transpirava por todo o corpo e o peito estava cheio de baba. A multidão olhava-o petrificada. As nuvens tinham desaparecido. As ondas começaram a surgir nas águas e o paquete começou a roncar. O sol estava a meio do céu. As mulheres começaram a chorar. Os homens, incrédulos ainda, olhavam Ngungunhane que limpava calmamente a baba. Deu dois passos em frente e parou. Numa voz arrastada, calma, cansada, disse: "A chuva não virá a estas terras antes de se completarem dois anos. Irão pelo mato fora e comerão ratos que desaparecerão na primeira noite. Depois procurarão gafanhotos que não encontrarão. Entrarão nas águas e comerão os peixes, contrariando o juramento que fizestes ao longo da nossa estada nestas terras. Os nguni que restarem voltarão à Zululândia, porque não suportarão a vossa covardia, tsongas sem espírito!" Ditas estas palavras finais, Ngungunhane virou-se e caminhou em direção ao navio, acompanhado pelas mulheres e o filho e outros homens. Subiu as escadas sem voltar uma única vez o rosto. Desapareceu no interior do navio. Durante uma hora, aproximadamente, ficaram à espera que o navio arrancasse. Os motores trabalhavam. As águas em volta estavam revoltas. O navio não arrancava. Passada a hora ouviu-se um canto a elevar-se pelos ares e os pássaros a invadir o céu. Ngungunhane cantava e dançava. A voz, em barítono, tirou lágrimas aos velhos e novos que olhavam o navio a abrir as águas, afastando-se da costa. Depois de o barco se perder no mar ouviu-se ainda o canto a cobrir o céu e a terra. Ngungunhane desapareceu.

 Levou duas achas ao fogo e soprou.
 – A seca invadiu estas terras – continuou. – A colheita foi má. Maguiguane quis aproveitar-se do descontentamento para a revolta, mas os Portugueses tinham mais forças. O império desabou para todo o sempre.
 – Já tinha desabado com a partida de Ngungunhane.
 – É isso – redarguiu o velho. – Já tinha desabado. Os Portugueses venceram.
 – Mas perderam num campo mais vasto.
 – Ngungunhane tinha predito.
 – Tem razão. Não vai dormir?
 – Vou dormir aqui, junto ao fogo.

Levantei-me. Estava cansado. A noite clara, sem nuvens, dava total liberdade à lua. Comecei a afastar-me da fogueira. Com a cabeça apoiada entre as mãos, o velho soluçava. Comecei a andar depressa. Não sei o porquê, mas à medida que ouvia o choro do velho apressava o passo. Afastei-me da cabana que me estava reservada e virei o rosto em direção à fogueira. Entre duas mangueiras enormes, o velho, com a cabeça entre as mãos, não via o fogo e a noite. Chorava. E eu afastava-me da cubata do meu quarto, e atirava-me à noite de luar. Algo me intrigava no velho e no discurso de Ngungunhane.

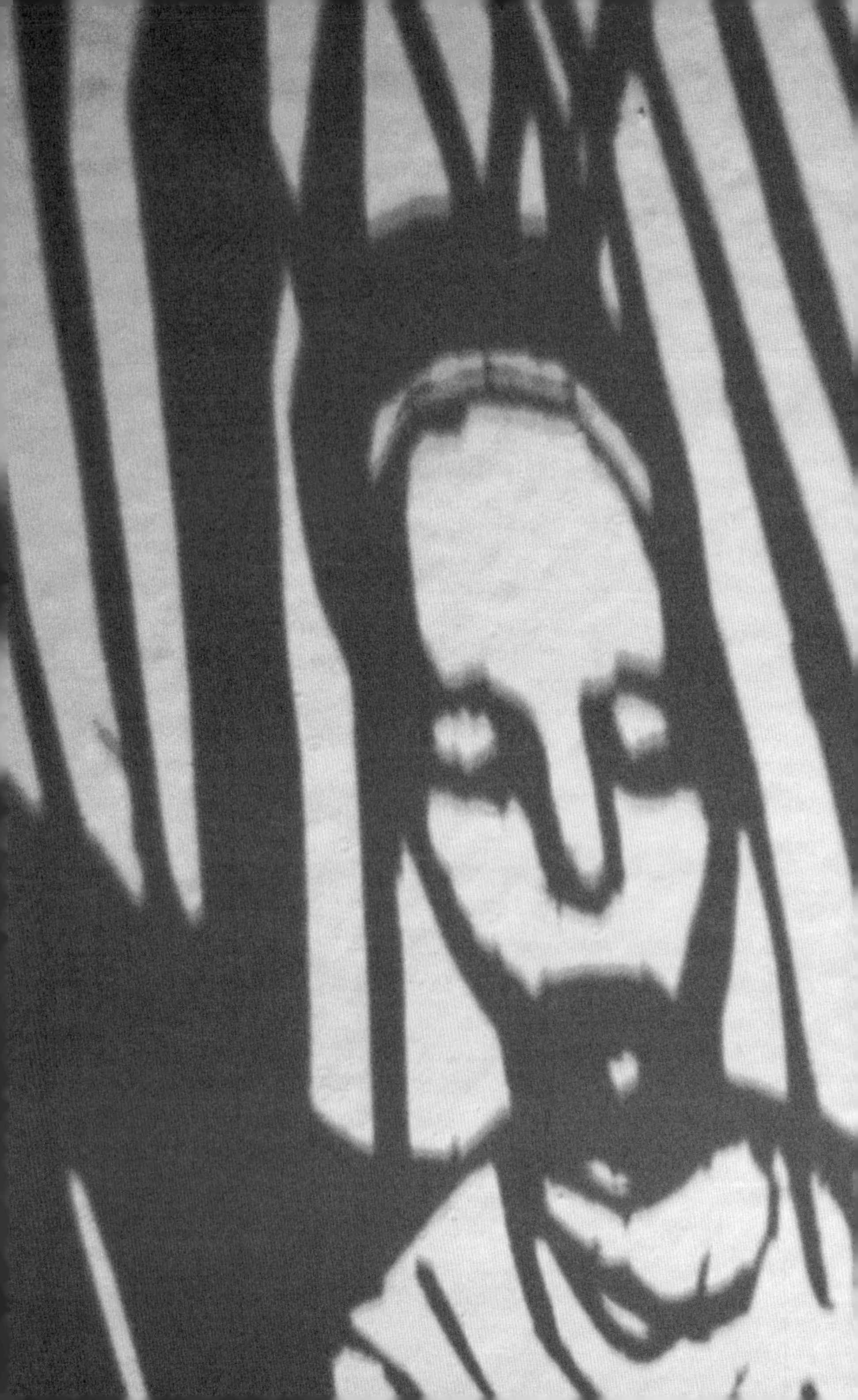

# AS MULHERES DO IMPERADOR

"Nunca acabaremos de criticar os que deformam o passado, o reescrevem, o falsificam, que dilatam a importância de um acontecimento, calam a de outro; estas críticas são justas (não podem deixar de sê-lo), mas não têm grande importância se não forem precedidas de uma crítica mais elementar: a crítica da memória humana enquanto tal."

Milan Kundera. *A ignorância*.

"Nunca confies na memória porque está sempre do nosso lado: suaviza a atrocidade, dulcifica a amargura, põe luz onde só houve sombras. A memória tende sempre à ficção."

Luis Sepúlveda. *A sombra do que fomos*.

"Afinal o patriarca venceu; o Gungunhana vai ser separado das suas mulheres.

Ele vai, como já dissemos, para o castelo de Angra, e elas vão para São Tomé, para onde também vão os demais prisioneiros, que ali sentarão praça.

As pretas, segundo diz um jornal, vão ser empregadas pelo sr. Cipriano Jardim em obras públicas. Que obras públicas serão essas, não sabemos, mas achamos injusto que as passem de obras meramente particulares do Gungunhana para serviços públicos.

Injusto e mais alguma coisa do que isso."

[*O Paiz*, ano 1, n. 201, 22 de maio de 1896, p. 2.]

"É hoje, enfim, que sai de Lisboa, com destino ao castelo de Angra do Heroísmo, o terrível vátua que tem estado recolhido em Monsanto.

Vai na canhoeira Zambeze, que deve levantar ferro, talvez, às 14 horas de amanhã.

Uma crueldade. O Gungunhana não leva nenhuma das pretas. O patriarca conseguiu separá-lo delas, que ficaram em Monsanto, e que, segundo parece, vão recolher a um convento de madres. Escusamos de dizer que é cruel o procedimento do governo.

Um homem nas condições do Gungunhana, que vivia com sete mulheres, não pode viver sem nenhuma.

Impô-lo a uma abstinência completa e absoluta, é matá-lo lenta, horrorosamente.

Se o patriarca não queria que ele tivesse sete mulheres, deixassem-lhe ao menos a favorita.

Privá-lo de todas é que não se compreende, porque não se admite que um vencedor imponha voto de castidade a um vencido. Com os Gungunhanas brancos nunca se fez isso, nem se há-de fazer, cremos."

[*O Paiz*, ano 1, n. 233, 23 de junho de 1896, p. 2.]

"As Pretas do Gungunhana

Afinal, parece que as pretas do Gungunhana e Zixaxa já não vão para Angola, como se havia propalado. Agora diz-se que o governo tenciona mandá-las para São Tomé.

Ora a verdade é que nunca essas pobres negras deviam ter vindo para Lisboa, nem elas nem os prisioneiros de guerra. As pretas podiam muito bem ter ficado em Moçambique e o ex-rei de Gaza e os seus companheiros podiam ter ido logo para Angola ou até para os Açores. A Lisboa é que não havia necessidade nenhuma de os terem trazido.

Mas o governo queria dar espetáculo e explorar com os pobres negros o patriotismo do povo, por isso os mandou vir."

[*O Paiz*, ano 1, n. 242, 2 de julho de 1896, p. 2.]

*L'Indépendance Belge*, com o título "Reis e Rainhas no Exílio", publica o seguinte:

"Mais um rei no exílio, o de Gaza, que os portugueses aprisionaram e levaram para Lisboa com os seus oficiais, sua corte e as sete mulheres legítimas. O infeliz rei Gungunhana tem sido bem severamente tratado. Este rei, que tratara o português de igual para igual, e o teve por muito tempo em cheque, foi embarcado a bordo de um vapor para os Açores. Será internado na Terceira, mas menos feliz que Behanzin, não lhe foi concedido levar na sua companhia nenhuma das suas damas para lutar contra a monotonia do cativeiro."

*L'Indépendance Belge* ainda se refere ao desespero das sete mulheres do Gungunhana, quando o célebre régulo foi embarcado, e termina por dizer que "a opinião pública não simpatizou muito com a severidade do governo português".

[*O Dia*, Lisboa, n. 34 (2745), 30 de julho de 1896, p. 3.]

*Aos netos,*

*Na certeza de outras memórias
consentâneas com a verdade,*

*e, claro,
à Salomé.*

Chegada

"Aqui, onde o mar se acabou e a terra espera."

José Saramago. *O ano da morte de Ricardo Reis.*

## As mulheres do Imperador

# 1

Com as manobras de sempre, o veleiro *África* torneou a baía de Lourenço Marques, fazendo-se ao estuário do Espírito Santo, em direção à ponte-cais Gorjão, na tarde do dia 31 de julho do ano da graça de 1911, sob um céu parcialmente nebulado. Pela amurada do paquete, viam-se passageiros agitando lenços e bengalas e chapéus, saudando conhecidos e desconhecidos, apinhados no longo e estreito espaço do cais da cidade, visivelmente agitados com o frio tropical do mês de julho.

As águas da baía não se revoltaram, como de costume, à entrada do navio. Tal acalmia, em contraste com o céu acinzentado a anunciar imprevista chuva noturna de julho, o vento decidido a não açoitar com o vigor de julho as acácias em crescendo na Praça 7 de Março, e as vozes contrastantes mas alegres dos passageiros, não impediu que Malhalha, uma das mais novas das mulheres do imperador, dissesse, com desusado estremecimento do corpo, às outras mulheres do exilado imperador, Phatina, Namatuco e Lhésipe, que o coração se lhe apertava e o corpo não lhe obedecia. "É a vertigem da chegada", retrucaram, quase em uníssono, com uma disfarçável segurança expressa no sorriso meio apagado. As outras, Oxaca e Debeza, mulheres de Zilhalha, outrora rei das terras a norte de Lourenço Marques, e súdito do imperador Ngungunhane, aquiesceram em silêncio.

O comentário teria por si bastado, por entre o alvoroço que se apossara dos passageiros, se as outras mulheres não sentissem, de imediato, a estranha e incômoda vibração que as levou a contrair as faces e a suspirar por entre os dentes cerrados, preocupadas com os olhares e prováveis comentários desabonatórios dos passageiros que apressadamente passavam pelo convés do navio onde, a pedido, elas se haviam instalado, no último dia de viagem, com o intuito de se certificarem da exata posição das estrelas ao cair da noite, e do brilho do sol a rasgar as manhãs do oceano Índico.

– É estranho – disse Pathina.

E entreolharam-se, procurando, com dissimulado cuidado, escrutinar os compassados movimentos de cada uma, enquanto espiavam, de viés, os olhares dos passageiros mais preocupados com a terra à vista que com as pretas sentadas na cobertura superior, e afastadas das cadeiras à disposição dos viajantes. Os miúdos, Marco Antônio Silva, de nove anos, Maria Antônia, mestiça, de sete anos, filhos de Lhésipe, João Samakuva Gomes, de oito anos, filho de Malhalha, e Esperança Espírito Santo, de cinco anos, sorte de Debeza, observavam, a bombordo, a língua de terra estendendo-se mar adentro e exibindo, sobranceiramente, as saliências e reentrâncias há muito comidas pelo mar a servir de suporte ao verde profusamente eriçado no cimo da arriba que, aos olhos dos meninos, em nada se assemelhava às negras falésias de pedras santomenses, exuberantemente pejadas, à superfície, de uma estonteante vegetação equatorial, sempre banhada pelas diárias águas da chuva que abençoavam as ilhas do Atlântico.

– Cheguem aqui, meninos – disse Namatuco.
– Há terra deste lado, mamã.
– Não desembarcamos por aí. Essa é a terra dos Tembe.
– Para onde vamos, afinal?
– À terra dos Zilhalha.
– Não é Moçambique?
– Moçambique? – interrogaram-se, com alguma incredulidade, enquanto tentavam ocultar os espaçados e convulsivos movimentos dos corpos que recusavam obedecer à mente, por

respeito aos passageiros que se enfileiravam junto à escada de madeira que dava à terra.

Com gestos mais ousados, Lhésipe, a mais expedita, foi ajudando as companheiras a endireitar as mantilhas gentilmente oferecidas, há quinze anos, por senhoras brancas sem registro nas folhas da memória, mas condoídas, à época, com o olhar exausto e perplexo das exiladas, cobertas com xales coloridos e gastos, percorrendo a trote, nos primeiros três dos seis trens à disposição dos presos, as ruas previamente traçadas desde a Praça do Município ao Forte de Monsanto, sempre sob olhares curiosos e o falatório incomum da população de Lisboa, nessa memorável tarde de 13 de março de 1896, dia em que Ngungunhane, imperador das terras de Gaza, chegara a Lisboa e, com o protocolo à altura de um digno derrotado, fora recebido pelos ministros da Marinha e dos Negócios Estrangeiros, para além do diretor geral do Ultramar, oficiais da Marinha e jornalistas.

E por estranha ironia da História, encontrava-se, entre os altos dignitários presentes, o embaixador da Rússia, pessoa de quem Ngungunhane, comentando em língua nguni, diria não ter gostado do seu ar frio e selvagem.

O embaixador russo, pelo contrário, pouco interessado estava no preto bojudo, porque preocupava-se com os preparativos da coroação, no mês de maio, de Nicolau II, como imperador da Rússia, o último, tal como o Ngungunhane, de um império que se vestiria de vermelho. O embaixador encontrava-se no cais a pedido do ministro dos Negócios Estrangeiros, pessoa a quem solicitara préstimos que ajudassem à exportação do vinho português para a célebre cerimônia.

Estes e outros detalhes ninguém os podia prever e a História maiúscula pouco se ateria a eles, e muito menos à maioria dos passageiros que, apressados e com olhares rápidos e inconclusivos, pouco se deram conta dos involuntários movimentos das mulheres; e os que se demoraram a observar as mulheres na coberta, concluíram que os arrepios pelos corpos mais não eram que a saudação dos defuntos que por estas terras de África muito se tem dito dos seus poderes em interferir na vida dos vivos, obrigando-os a cansativas cerimónias e constantes abluções para aplacar os espíritos das tempestivas e mortíferas fúrias que, amiúde, se têm abatido sobre gerações e gerações de inocentes.

Mas se tais augúrios pudessem ter o seu chão de razão, eles não correspondiam, de todo, à razão dos fatos, porque as mulheres, em telepáticas mensagens que só afamados curandeiros podiam decifrar, acabavam de receber, por via dos involuntários espasmos dos corpos, a fatídica notícia da morte, na manhã desse 31 de julho do ano de graça de 1911, na distante ilha Terceira do arquipélago dos Açores, vítima de uma adiantada tuberculose, do provável herdeiro do que outrora fora o império de Gaza, o príncipe Godide, cristãmente batizado como Antônio da Silva Pratas Godide. A questão de fusos horários, e a telepática demora interoceânica, fez com que a notícia lhes chegasse a essa adiantada hora da tarde de atracagem do paquete *África* no porto de Lourenço Marques.

Habituadas à eterna comichão na palma das mãos, ou ao insistente abanar das pálpebras, como sinais de boas notícias, as mulheres jamais imaginariam que o incontrolável alvoroço nos corpos cansados da viagem fosse o sinal da morte do benjamim de Ngungunhane, homem de que não tiveram notícias, excetuando o da morte, desde que as apartaram do seu leito por razões da incompreendida moral cristã que levou a mais velha, ou a principal mulher, designada, em línguas nguni e tsonga, por inkonsikazi, a falecida Muzamussi, a afirmar, peremptoriamente, às eclesiásticas autoridades persistentes na escolha, por parte do imperador, de uma só consorte, que ou iriam todas com o homem, ou ficariam por terra; decisão difícil de acolher nas monogâmicas mentes que muito se alegravam com os amores proibidos que a legislação penal então em voga grafava como crime só no caso do homem casado ter manceba teúda e manteúda na casa conjugal. À medida que o navio *África* se desembaraçava dos passageiros, que à época tinham registro nos jornais, as mulheres do imperador davam-se conta de que ninguém lhes ligava. O imediato, que por acaso as viu, entreolhando-se com alguma ansiedade, disse, em tom seco:

– Juntem as vossas trouxas e saiam do navio!

Há muito que se haviam habituado a tais tratamentos. De princípio, já em terras de São Tomé, e por entre os pretos em maioria, ainda acalentaram a esperança de poderem recuperar a dignidade de rainhas derrotadas. Mas tal não aconteceu, e, para cúmulo, viram-se, pela primeira vez nas suas vidas de exiladas, forçadas a sentir as dores do trabalho braçal quando, fora das previsões oficiais, lhes fora destinado a Roça Água-Izé, depois de muito deambularem pelos corredores do Hospital Civil e Militar, servindo de amásias, algumas, e lavadeiras, outras. Duas ainda se mantiveram, a Muzamussi e Dabondi, às portas do palácio oficial do governador de São Tomé, mas com idêntico esforço físico, pois coube-lhes a fatigante tarefa de lavadeiras e passadeiras.

E a esperança caiu definitivamente por terra quando o capataz da Roça Água-Izé, de nome Antônio Constantino Silva, lhes trouxera, da capital do império, recortes de jornais nos quais constava a fotografia do imperador e o termo de óbito. Não acreditaram à primeira. Pensaram, com um misto de alegria e tristeza, ante o rosto sereno, em meio-corpo e com fraque, que o imperador regressara à terra.

– Vejam o que aconteceu ao vosso homem, suas pretas.

Ante o ostensivo desprezo do capataz, solicitaram os ofícios da cabo-verdiana Matilde para que arrancasse algum significado nas letras em corpo reduzido abaixo da fotografia de Ngungunhane. Ainda que avançada na decifração das letras, Matilde teve alguma dificuldade na leitura, porque o texto reproduzia os detalhes e a rigorosidade notarial da época:

"Aos vinte e três dias do mês de dezembro do ano de mil novecentos e seis, pelas nove horas da noite, no Hospital Militar, sito nesta freguesia da Sagrada Sé Catedral, concelho e diocese da Angra de Heroísmo, faleceu, não tendo recebido os sacramentos da Santa Madre Igreja, um indivíduo de sexo masculino, de nome Reinaldo Frederico Gungunhana, de sessenta e sete anos de idade, ex-rei de Gaza na África Portuguesa donde era natural, e batizado nesta Sé de Angra, filho de Muzila e Dudé, ambos naturais de Gaza, o qual, não fez testamento, deixou filhos e foi sepultado no cemitério público da Conceição. E para constar lavrei..."

A leitura aos solavancos pouco ajudou à compreensão das viúvas, porque o texto era ainda mais enigmático que a simples notícia da morte. E a Matilde, já farta dos floreados da língua que pouco dominava, resumiu tudo na simples e conclusiva frase:

– O vosso homem foi-se!

E mais não quiseram ouvir, pois deixaram que às lágrimas sucedessem os gritos de entoação semelhantes em todas as latitudes e cores do planeta, enquanto a coreografia dos corpos evolava em ritmo próprio: movimento desusado de mãos e braços cruzando-se desordenadamente na cabeça, no rosto e no peito; crispação das faces, rotação anárquica dos troncos e um coro ligeiramente afinado no fim do ato.

Choravam o imperador, o rei dos Vátuas, como os Portugueses então o designavam. Dos outros, Molungo, Godide e Zilhalha, de verdadeiro nome Nwamatibjwana, mas que os Portugueses, por preguiça e desprezo na soletração, acharam por bem eternizar como Zilhalha, não tiveram notícias e nem haveriam de ter, fora este sinal, não compreendido porque despeitado pelas regras da racionalidade, mas assumido nos hábitos e costumes de muitos, como sinal de mau agouro, tal como agora acontecia às mulheres do imperador que se viam aflitas, com as parcas trouxas amarradas em panos e aconchegadas aos seios intumescidos, a descer pelas tremulantes escadas de madeira, em muito semelhantes às movediças pontes de madeira e corda em profuso uso em São Tomé, ante a curiosidade de muitos, senão de todos os que em terra observavam e esperavam, porque pouco se vira por estas bandas, e em navios desta grandeza, negros aportando como passageiros e, mais espantoso, seis pretas modestamente vestidas.

As vestes pouco se modificaram com o tempo de exílio; notando-se, neste pormenor de modas em latitudes diferentes, a troca das saias apertadas às pernas até aos joelhos, como era prática na corte, por saias mais largas e com dobras até aos tornozelos, deixando à vista várias anilhas feitas de esparto. Mantinham nos braços, como era característica nas damas da corte, as argolas de cobre. Nas orelhas rasgadas, sinal identitário nguni, não despontavam brincos. Mantiveram, a duas ou três polegadas da testa, a carapinha rapada, elevando-se, em seguida, uma trufa de cabelo de considerável altura. Dentes de marfim a servir de pente cruzavam-se na trufa. Mantilhas envolviam parcialmente os pescoços decorados com colares de miçangas. Um pedaço de pano cruzava a cintura, em jeito do que viria a ser, anos mais tarde, a vemba, peça de capulana a envolver a cintura e a separar a grande peça de capulana, chamada mukumi, para a parte inferior ao umbigo, e a xiquitawana, a blusa, peças destinadas à mãe da mulher pedida em casamento, em cerimônia a que os nativos chamavam, e os tempos modernos resgatariam o ato, pese a utópica e desvairada iniciativa da falhada revolução em apagar a identidade, de lobolo. A estas peças juntava-se uma outra capulana a envolver uma garrafa de vinho branco, sempre vinho branco – não se queria o tinto porque manchava, sabia a sangue, a que chamavam de chimbeumbeué. As mulheres do imperador ainda desconheciam estas práticas que ao tempo se resumiam à entrega de cabeças de gado bovino e outras de menor porte para o repasto que se seguia, ao tabaco e rapé para os mais velhos, dinheiro, em libras, e outras ofertas, geralmente adereços, para as mulheres, na solenidade do ato, aqui chamado de lobolo. Estavam descalças.

## 2

Quando as sirenes do paquete se fizeram ouvir no cais em espera, o recém-nomeado governador de Moçambique, o senhor José Francisco de Azevedo e Silva, ou, como era prática, doutor Azevedo e Silva, porque formado em Direito com especialidade na área comercial, homem com pouco mais de metro e meio de altura, tal como os demais portugueses de então, com botas pretas de cano alto, calças cinzentas ajustadas ao corpo sem grande protuberância no estômago, e um colete com um fio de ouro indicando o destino do relógio enfiado no bolso do lado esquerdo, levantou-se sem pressa da cadeira de costas altas que muito detestava, e olhou com um ligeiro sorriso para o calendário que o desafiava em todos os dias úteis da semana: fazia quarenta e cinco dias de África. E estava de boa saúde.

O ar solene do gabinete, as cortinas de veludo em tom bege e rosa e azul-turquesa, as cadeiras e secretárias e mesas feitas com âmbar e madeira fina da Índia Portuguesa, os lustres em cristal bacará e bronze, ou em bronze e alabastro, a reluzirem pelos tetos altos e profundos, tornaram-se tão familiares ao doutor Azevedo e Silva, que já não se incomodava com o fausto da monarquia perdida. Passara a ter gosto em passar as mãos pelas peças de mobiliário feitas com inqualificável esmero pelos marceneiros indianos. Gostava de ouvir o som das botas a ressoar pelo soalho de madeira, a resplandecer nas manhãs em que entrava nos escritórios do Governo da colónia de Moçambique. Sentia um prazer imenso quando os auxiliares e outros serviçais se vergavam à sua passagem. E do alto da varanda do poder, e em instintiva pose napoleônica, adorava apreciar as águas da baía quando o vento as enfurecia naquele tom glauco a fugir apressadamente para o cinzento que o fazia recordar as tardes à beira do rio Tejo, ao largo da Praça do Comércio de Lisboa. Nesses momentos sentia imensas saudades do Grupo Lusitano, tertúlia engajada na defesa de ideias positivistas dos fervorosos membros do Partido Republicano. A República não havia ainda nascido. E eram então jovens entusiastas à procura de outros caminhos futuros para Portugal. Tempos bons e difíceis, pensava para os seus botões.

  Quando soube, por via do telégrafo, que a bordo do paquete *África* chegariam as quatro mulheres do falecido imperador das terras de Gaza, o famigerado Ngungunhane, acompanhadas de Oxaca e Debeza, estas mulheres de Zilhalha, cofiou os bastos bigodes e, vagarosamente, como era hábito em momentos de curta reflexão, fez pequenas torções nas pontas dos fios do bigode, e disse:

  – Que se arranjem. As pretas não têm a dignidade de rainhas. Aliás, faz quase um ano que instauramos a República. Nada lhes devemos.

  Não houve comentários à decisão do governador. E este não mais se referiu ao assunto, por estar preocupado com o andamento do ramal da linha férrea ligando a antiga central dos Caminhos de Ferro à Praia da Polana, num trecho a circundar a ribanceira da Ponta Vermelha, e a ser inaugurado em outubro, por ocasião do primeiro aniversário da República. Mas a construção do trecho contrariando as vontades do governador-geral, encontrava sérios obstáculos por parte da companhia concessionária dos carros elétricos, a Delagoa Bay Development Corporation, por esta julgar que os seus direitos de exclusividade sairiam prejudicados com o ramal. E neste jogo de influências entre os interesses locais e os do capital do Império Britânico, o governador lutava pelo sucesso da empreitada nacional, e pela República, daí o redobrado interesse em acompanhar de perto o andamento das obras, conversando com engenheiros, e pouco se preocupando com a higiene e segurança dos pretos que se acidentavam às dezenas.

Tal como em outras tardes, o governador saiu do gabinete de trabalho e dirigiu-se à parte frontal do edifício do Governo-Geral onde o motorista Américo Matola o aguardava com o boné entre as mãos, o sorriso alvo nos dentes perfilados, o fato azul de motorista do governador, e as excessivas mesuras do *bon sauvage*.

– Vamos às obras, Américo.

– Certo, senhor governador.

Fechou a porta traseira, torneou a viatura por detrás e sentou-se ao volante. O Governo ficava na Avenida Infante D. Henrique, zona da Ponta Vermelha, local por onde saíram em direção à Avenida Miguel Bombarda, descendo depois pela Avenida Aguiar, trecho que viria a chamar-se de D. Luís, em homenagem ao infante que tivera o ensejo de visitar a colônia de Moçambique, durante o ano da graça de 1907. O governador, pela marcada posição republicana, não nutria grandes simpatias pelos feitos monárquicos, e muito menos com o príncipe assassinado na baixa de Lisboa, esquecendo-se que o infante herdara o nome do rei D. Luís, o *Popular*, o monarca a quem os cultores de direito devem a publicação do primeiro Código Civil português, a abolição da pena de morte para os crimes civis, e, acima de tudo, a abolição formal da escravatura em todo o território português. O doutor pouco se preocupava com esses fatos, preferindo, para consolo da consciência, concentrar a sua admiração no poeta e jurista e presidente Teófilo Braga, republicano de gema, homem a quem a recém-constituída República muito devia, apesar dos rumores que corriam sobre a possível ascensão ao poder, por via constitucional, do professor doutor Manuel de Arriaga, também poeta e escritor e eminente professor de Direito. A República estaria sempre a salvo e os monárquicos não mais voltariam ao poder, assim pensava enquanto percorria a futura Avenida D. Luís.

Proibidos de andar pelos passeios reservados aos brancos, os pretos iam evitando os poucos carros que transitavam pela avenida que tinha o elétrico como meio de transporte mais regular, e com o qual o carro do governador se cruzou. O mês de julho não corria de feição ao doutor Azevedo e Silva. Contra a sua vontade, porque argumentos para tal escasseavam, teve de desterrar para dentro da colônia, sob pressão dos carbonários portugueses, vários cidadãos suspeitos de serem antirrepublicanos, fato que levou, para sua consternação, à demissão do engenheiro Lisboa de Lima, responsável pela construção da estação dos Caminhos de Ferro de Lourenço Marques, e homem de insuspeita respeitabilidade. E agora, a terminar o mês, vem a inesperada notícia da chegada das mulheres ligadas à derrotada monarquia dos Vátua. Mês de merda, disse para os seus botões, enquanto afastava o olhar da ponte-cais Gorjão onde o paquete *África* fazia sentir a sua presença. A Avenida da República, nesse findar de tarde de Julho, assistia ao desfile dos pretos a saírem do trabalho e a dirigirem-se à parte alta da cidade, para lá da faixa de "Circumvalação", como ao tempo se grafava.

– Que vida!

– Alguma coisa, senhor governador?

– Nada, Américo. Vamos ao ramal.

– Estamos chegando, senhor governador.

Após o trabalho, os pretos apressavam-se a sair da zona delimitada, dirigindo-se à zona das palhotas em crescendo e totalmente desurbanizada. No perímetro da Circunvalação, área onde só ficavam os pretos estritamente necessários aos trabalhos domésticos, à guarda dos edifícios e aos serviços nos bares e casas noturnas da Rua do Pecado, então chamada Rua Araújo, onde só às brancas e às poucas mestiças lhes era permitido servir o corpo aos infindáveis marujos de nacionalidades várias, aos funcionários solteiros e casados que teimavam frequentar, apesar dos elevados protestos das mulheres nas páginas dos jornais, pedindo que a Rua do Pecado fosse interditada e que as mulheres de má vida regressassem à Itália e Espanha e África do Sul, com as clamorosas e indecentes vestes, impróprias da cidade que se desenhava, harmoniosamente, a régua e esquadro.

Os majores de artilharia e engenheiros Antônio José de Araújo e Joaquim José Machado pensaram na cidade a crescer em todos os seus pormenores. As avenidas eram largas e arborizadas. Os espaços públicos desenhados com sobriedade, as zonas de habitação projetadas com o arejamento que o clima tropical tanto pedia. O que ficava de fora eram as precárias e sempre contingentes habitações dos pretos que serviam a cidade em crescimento. E o governador, republicano convicto, via-os, da janela do carro em andamento moderado, sem lhe ocorrer que eram também seres humanos e não números necessários à construção e outros serviços básicos. À medida que o carro se aproximava, os mais distraídos esquivavam-se como gado espantado. Procuravam melhores espaços na avenida de macadame, pois não lhes era permitido circular pelos passeios. Que se arranjem, pensavam os brancos.

A aguardar o governador estava o engenheiro Lopes Galvão, substituto do engenheiro Lisboa de Lima, que acabara de se demitir do cargo de diretor dos Caminhos de Ferro. Em redor, dois ou três pretos tomavam conta da linha nas horas mortas que se aproximavam à medida que o sol ia de encontro à cordilheira dos Libombos, chamada Ubombo em língua zulu, o que significava "grande nariz" em português.

– Boa tarde, senhor governador.

– Boa tarde, engenheiro. Como vão as obras?

– Ao ritmo de sempre, senhor governador. Por este andar, inauguramos o ramal no Dia da República.

– Que Deus te ouça, engenheiro. Estes Ingleses metidos a besta teimam em interferir nos nossos assuntos internos.

– Os do Terreiro do Paço, lá em Lisboa, encarregar-se-ão de os pôr na linha.

– Duvido, homem. As políticas ultramarinas cosem-se por linhas que não obedecem à bitola das linhas de ferro, engenheiro.

– Lá isso é verdade, senhor governador – retrucou o engenheiro, cauteloso na conversa. Vá lá o governador pensar em outra coisa nestes turbulentos momentos que a República vive, e está um gajo lixado, como o engenheiro Lisboa de Lima, confundido com os que muito defendiam a monarquia, opondo-se aos republicanos com voz crescente.

O governador mostrava-se liberal, aberto ao diálogo, pronto a discutir questões quentes com os que chamava de gente à altura, os poucos doutores e engenheiros que a colônia tinha. Mas que estes, como sempre, quando o poder descia das alturas, mostravam-se relutantes em acatar tal procedimento, por acharem os caminhos do poder, por via de regra, lamacentos, pantanosos, traiçoeiros, e este aparente liberal não podia ser diferente, pois não se mostrava cordial, melhor, apresentava-se frio, distante do cenário bem visível dos brancos no trato com os Cafres, os pretos da colônia, que aos olhos de todos ou quase todos não existiam como pessoas, mas objetos, gente abjeta, meros serviçais dos interesses da agora República. Via-se o mesmo distanciamento e certa altanaria do governante em relação ao jornalista mestiço João Albasine, proprietário do jornal *O Africano*, indivíduo assumidamente republicano e defensor dos interesses dos naturais, os indígenas, os pretos do império. O doutor, no fundo, via-o com certa ternura, ciente de que o futuro da colônia passava por pessoas civilizadas como os irmãos Albasine. Mas não podia, pelo cargo e pelas inconsequentes decisões políticas da nova República, manifestar publicamente o seu pensamento; daí a distância altaneira quanto aos Albasines, sabendo serem os irmãos e outras figuras mestiças e negras, em número irrisório, pessoas públicas que não podia ignorar, porque presentes nos assuntos da colônia, sempre a defender as questões locais no jornal, que por sinal era bilíngue, empregando o português e o ronga, língua nativa dos habitantes de Lourenço Marques e arredores. O jornal chegara-lhe às mãos, após meses de paralisação, neste mês de Julho. E pedira outros exemplares. E ao folheá-lo apercebera-se, vergonhosamente, que os pretos não só conheciam a lusa língua como se alfabetizavam nas suas próprias línguas, mostrando traquejo no manejo da língua africana, carregada, nesta fase de promulgação de uma nova ortografia, com as proscritas letras k, w e y, de nítida influência anglo-saxônica. A grafia da língua autóctone não obedecia aos padrões da língua portuguesa. A forte migração para as terras do ouro tem ditado as grandes influências na cultura dos pretos.

O português é ainda residual, reservado às elites locais que lutam por uma igualdade no tratamento, pensava o governador, dizendo para consigo que a situação tinha que mudar. Mas não sabia como. Estava indeciso. Tinha uma relação ambivalente para com os indígenas. Sentia o sofrimento, mas não encontrava outra forma senão a educação para futuros equilíbrios.

– O jornal do seu colega João Albasine já se fez às ruas.
– É verdade, senhor governador. Eles têm tido problemas de ordem financeira – retrucou o engenheiro, sempre cauteloso nas palavras, pois sabia que para o caso do Albasine estava em jogo a proximidade dos dois, porque o jornalista fora recentemente nomeado pelo antecessor do governador, o Augusto Freire de Andrade, como encarregado dos negócios indígenas dos Caminhos de Ferro de Lourenço Marques. E davam-se bem. Não tendo frequentado o ensino superior, o Albasine era culto e metia no bolso um bom punhado de doutores.

– Ele tem se mostrado virulento para com as autoridades.
– Alguns merecem umas chicotadas de vez em quando, senhor governador.
– Tem a sua razão.
– Nós somos técnicos, senhor governador. Há áreas que nos fogem, mas certas atitudes chocam qualquer ser humano.
– Entendo.

A conversa não se alongou pelo ramal fora. O governador tinha consciência de que não tiraria qualquer nabo especial da boca do engenheiro. Tal como outros da sua corporação, o engenheiro Galvão era prático, avesso às políticas, e muito compenetrado no seu ofício, pese a brutalidade com que muitos tratavam os nativos. Era o império.

E passaram o resto das horas da tarde a circular por entre as bitolas do ramal da Polana, conversando sobre aspectos técnicos, a que o engenheiro respondia com gosto. O sol já caminhava para o esconderijo, lá para as bandas dos montes Libombos, quando o governador se despediu e regressou ao automóvel que o aguardava com o motorista postado ao lado da porta. A noite não caíra ainda sobre a cidade quando nas proximidades do presídio de Lourenço Marques, o governador ordenou ao Américo Matola para abrandar a marcha e seguir para os lados do cais. Nas cercanias do presídio viam-se as negras sombras das mulheres do imperador, as poucas crianças do exílio, as mulheres de Zilhalha, e as parcas trouxas no interior do círculo que formaram, lembrando a habitual pose em volta da fogueira. Tinham como teto a sombra da árvore defronte da porta da fortaleza. A memória já lhes fugia, pois não tinham a certeza se partiram daquele ponto ou de outro, mais abaixo, quando Ngungunhane deixara definitivamente as terras do Sul do seu império. Para elas, naquele momento de ligeiro frio de Julho, a copa da árvore bastava-lhes para passarem a noite.

Alguns curiosos paravam, olhavam e seguiam o seu caminho, desconhecendo por completo as origens daquelas estranhas mulheres, e o estranho gosto de terem o cabelo em forma de trufa a bons centímetros adentro da testa bem lisa, enquanto as mulheres de Zilhalha se apresentavam com o cabelo rente, como serviçais das outras.

E por entre esses anônimos que transitavam apressadamente pela Praça 7 de Março, maioritariamente pretos a caminho da zona além da Circunvalação, ouviam-se opiniões desencontradas, dizendo uns que as pretas foram expulsas da terra dos brancos por terem sido acusadas de feiticeiras. Não veem que elas estão sozinhas? Ninguém as esperou! É verdade!... Se fossem feiticeiras não entrariam no navio dos brancos, opinavam outros. Tens razão, os brancos são mais feiticeiros que nós, eles não podiam viajar com as pretas. Nada de feitiço, homens, essas mulheres foram mandadas embora por não servirem com intenso fervor o leito dos brancos. Eles gostam das ninfetas, as pretas ainda com os seios palpitantes, vigorosos. Podes ter razão, aquela criança mulata é o descuidado fruto de noites de gozo. Ela nem deve conhecer o pai. E nunca irá conhecer. É verdade! Foi descartada! Há quem diga que elas foram mulheres de um rei destronado, um rei preto. Que rei permitiria que as suas mulheres fossem pasto para qualquer desejo? É isso, as mulheres de um rei nunca viram putas, homem! Elas gozariam do respeito do comum dos homens, fossem brancos ou pretos ou amarelos. Um rei transporta a dignidade, e quem a não transporta cai por terra. Ser rei é ter a moral por cima. Falaste homem, e isso estende-se à família. Estas pretas não podem ter sido mulheres de um rei, assim desleixadas, com trouxas e sacos sem valia! E descalças! E com filhos de outros leitos! São indignas de serem mulheres de um rei.

    E assim conversavam em ronga, língua local de total desconhecimento dos brancos que passeavam por entre os quiosques da Praça 7 de Março, falando sobre coisas da metrópole e do recém-aprovado Código de Saúde que não permitia construções que não fossem de alvenaria no perímetro da cidade, sinal mais que evidente do afastamento dos pequenos grupos raciais, como os asiáticos e indianos, que exerciam, com crescentes lucros, a atividade comercial fora do perímetro privilegiado da Baixa da cidade, em detrimento dos brancos pouco entendidos em matérias do pequeno comércio, das pequenas negociatas, mas mui dados aos bares e quiosques de farta comida que tanto degustavam, e poucos lucros ofereciam, pois o comércio lucrativo era com o interior profundo, lá onde os pretos mais necessitavam de panos e sal e açúcar e óleo e pão e vinho, em troca de produtos que a terra dava com generosa fartura.

Na verdade, o que muito perturbava e magoava os pretos não era tanto a impossibilidade tornada lei de erguerem, em zona privilegiada, casas de maior consistência e com material que os brancos convencionaram como o de melhor resguardo às intempéries, mas o crescente controle de circulação que não lhes permitia o livre trânsito e, principalmente, a travessia da baía, a passagem para o outro lado, para a terra dos Tembe, etnia de forte predomínio na zona mais austral do território moçambicano, e lá trafegar o que sempre foi prática em séculos sem conta: a atividade dos espíritos.

Era do domínio dos naturais de Lourenço Marques e arredores, que em terras além da baía, outrora designada Delagoa Bay, agora baía de Lourenço Marques, a atividade dos espíritos, maléficos e benéficos, era tão intensa que os curandeiros de fama, conhecidos em língua local por tinyanga, e outros, os dotados para o mal, aqui designados por ulóis, o mesmo que feiticeiros, rivalizavam com os espíritos nguni. Estes eram espíritos que a diáspora vátua impusera em todo o território sob o seu domínio, levando a que muitos dos tinyanga desejassem apropriar-se, para a defesa dos seus, dos segredos da ancestral botânica, ou dos ensinamentos que os curandeiros em transe, e não empregando o nguni ou ndau, línguas francas dos espíritos dominantes, passavam dos defuntos recentes e passados aos aprendizes; e das profecias dos tinhlolo, termo que na língua portuguesa não encontra sucedâneo, e que é um conjunto de ossículos, raízes, conchas, sementes e escamas, que dispostos em gêneros, servem de instrumentos de trabalho aos curandeiros, nas palhotas de adivinhação e cura.

E todo o esforço visava tornear e minimizar os nefastos efeitos da presença nguni que se fazia sentir fisicamente, e, em muitos casos, no domínio espiritual, comandando soberanamente as práticas mágico-religiosas que transvasavam as fronteiras outrora sob o seu domínio.

Aos de espírito maléfico, os ulóis, interessava-lhes o domínio que os Tembe tinham dos raios que atemorizavam a população, vezes sem conta, em dias soalheiros e sem nuvens, quando o duelo de flechas incandescentes atravessava os céus e os raios caíam em cubatas conhecidas e desconhecidas, provocando mortes e irreparáveis estragos nos campos e árvores, reduzidas a cinzas.

A captura e adestramento de raios só a poucos, mas muito poucos ulóis era concedida, muitos ficavam pelo caminho, incapazes de domesticarem os mortíferos raios. Aos de bons espíritos, os tinyanga, era-lhes facilitada a aprendizagem, e daí o elevado número de curandeiros e seus neófitos em busca do vasto e riquíssimo patrimônio ervanário, bastante útil no tempo presente de grande desassossego nas famílias e linhagens ronga, face ao desvario dos espíritos nguni, em crescente tumulto desde a morte do imperador em terras distantes e desconhecidas dos Açores, no ano da graça de 1906.

Dizia-se, à boca pequena, para lá da linha da Circunvalação, e nas palhotas sem o alinhamento e o saneamento da zona branca, que a vingança nguni veio para ficar e, contra todos os prognósticos, arrasar não os brancos mas os pretos, porque estes foram os maiores responsáveis pela derrota do imperador, ao permitirem que um diminuto número de brancos reduzisse os pretos a objetos, a meros seres sem dignidade, sempre à espreita de migalhas, de pequenos favores, e a comportarem-se como se de estrangeiros se tratassem na própria terra. E isso, segundo as profecias dos tinlholo, terá levado a implacável vingança nguni, pois o imperador havia já vaticinado que os pretos não passariam de meros caniços ao vento, abanando sem direção, e com a única segurança de terem as raízes na terra por não lhes ser dada outra oportunidade noutros espaços, porque para os pretos sem dignidade não há outro espaço senão o seu para prestar vassalagem aos que têm o mando. Como os Portugueses, que vão afastando do círculo da riqueza os que à língua e costumes europeus não se aculturam, deixando aos poucos assimilados, pretos e mestiços, o crescente desejo de serem como os Europeus, matando nos apelidos o cordão umbilical à ancestral linhagem, vestindo-se e comportando-se em público como se de europeus se tratassem, negando ostensivamente servir-se dos pratos tradicionais, e afastando-se dos que em público se expressavam nas línguas maternas. Como exceção, estavam os poucos que lutavam por preservar os chamados bons costumes, lutando por conferir à língua local, o ronga, a dignidade que merecia no jornal bilíngue, *O Africano*.

Estes fatos, novos no panorama social da terra, os espíritos nguni pouco se importavam de tê-los em conta, porque só lhes interessava atuar no terreno imaculado, na zona não conspurcada, na cultura ainda enraizada em práticas ancestrais, esquecendo-se que os tempos modernos eram propícios às culturas agressivas e intrusivas que a todas arrasavam. A exceção eram as milenares e imperturbáveis culturas orientais, como as dos chineses e as dos indianos, aqui trafegando há séculos, e a emanarem, despreocupadamente, no caso dos indianos, os aromas das cobiçadas especiarias para fora das portas e saguões da confinada zona da Baixa da cidade onde há muito se haviam instalado com as suas lojas e apetrechos e ritos e costumes, formando um típico quarteirão que se estendia pela Rua da Gávea e as travessas da Palmeira, da Porta, da Linha, das Laranjeiras, da Catembe, e outras que um cronista descreveu como "estreitas e debruadas de estreitíssimos passeios como em Diu. Muitos prédios são ainda primitivos, de um só piso com cimalha, paredes grossas de pedra, janelas estreitas com taipais antigos e cadeados da Índia, portas grossas com ferrolhos enormes, frestas altas gradeadas da rua para os quartos escuros. Os muros dos saguões são todos altos com pequenas portas para os pátios estreitos onde, por vezes, se abrem poços fundos e antigos. Alcandoram-se entre os muros, escadinhas, cubículos, anexos, terraços e varandins por entre papaieiras e plantas aromáticas de jardim, que os Orientais cultivam sempre". Indianos e maometanos conviviam harmoniosamente no confinado quarteirão onde se erguia, com devida solenidade, a velha mesquita onde, da pequena torre ornada de arabescos, o sempre paciente almuadem chamava os fiéis à oração.

# 3

Sempre à margem da recente história da colónia, a população branca de Lourenço Marques entregava-se, com triunfante deleite, na ociosidade do findar das tardes, à habitual cavaqueira na Praça 7 de Março, local emblemático da cidade, bem próximo do cais de atracagem de navios. Frequentada geralmente por homens no regresso do trabalho para o habitual copo nos quiosques localizados nas quinas da praça, era também colorida por senhoras com chapéus de plumas de avestruz, vitorianamente vestidas com cores vivas e espartilhos altos a coibir-lhes curvarem-se com naturalidade, enquanto aguardavam, em círculos socialmente distintos, a sessão de cinema que invariavelmente começava às vinte e uma horas, no cinematógrafo do senhor José Onofre, grande entusiasta desses românticos tempos primeiros do cinema.

Erguia-se, na cidade em expansão, uma elite que não conhecera o sertão africano dos tempos de ocupação, e muito menos as palhotas em anárquica profusão para lá da zona limite da Circunvalação.

Não faziam ideia que as mulheres do tal tirano vátua vinham a bordo do navio que acabara de atracar. O que mais os preocupava, nesses tempos primeiros de paz e crescimento da capital da colônia, era a concorrência que os indianos, aqui chamados baneanes ou monhés, vinham exercendo na cidade, e a petulância com que alguns, com vestes nada a condizer com a cultura cristã, circulavam pela cidade "de fez vermelho, gravata, joias, anéis, sobrecasaca, com as pernas envoltas num pano alvo, tufado, posto com voltas caprichosas em torno e por entre as pernas, calçando chinelas a bater, sandálias ou sapatos, porém, sem meias, ou de fralda comprida por fora das calças, a camisa sem colarinho fechada ao pescoço por um botão de ouro, cofió de cor e desenhos lavrados consoante a casta e a profissão", como os descreveu um cronista do princípio do século, em jornais lidos com sofreguidão na praça, e indignando sobremaneira os bons cristãos brancos que se queriam valer da sua cultura para afastar os baneanes que em tempos o então comissário régio, Antônio Eanes, classificou como "densos e vorazes como os gafanhotos, mas mais danosos que estes pois nem serviam, como a praga, para adubar os solos que devastam".

Havia ainda os chineses, mas em número inferior aos monhés, a dedicarem-se mais à construção civil e à agricultura que ao comércio. A estes, mais circunspectos que os baneanes, pesava-lhes o fato de as autoridades públicas os considerarem responsáveis pelo uso das fezes recolhidas na cidade para o adubo das hortas, julgadas responsáveis pela proliferação de doenças. A série de medidas profiláticas tomadas pelas autoridades públicas tinha em vista afastar os chineses da órbita de influência dos brancos.

"A cidade vai libertar-se da escumalha.", "Os indianos e chineses terão de se habituar às terras do sertão profundo.", "Não podemos conviver com essa gente.", "Já nos bastam os pretos nas traseiras das nossas casas.", "É, bastam os pretos nos quintais.", "Esses não tugem.", "Não te fies nos pretos.", "Tem razão. A floresta deu-lhes as manhas da cobra.", "São traiçoeiros.", "Mas já os controlamos.", "Paz passageira." "Melhor que a convivência com os asiáticos.", "O tempo dirá." O governador, refastelado no silêncio dos confortáveis assentos do carro com os vidros corridos, distante dos falatórios, dos mexericos diários, das comezinhas domésticas, observava, com desmedida curiosidade, à medida que o carro reduzia a velocidade, as mulheres recém-chegadas fazendo nada, pensando na parvoíce do Governo monárquico ter dado tanta publicidade a essa gentalha. De que serviu a palhaçada?, pensava. Transformaram Lisboa num circo de duvidosa categoria. Bibelôs sem valor atulhavam as montras dos pequenos comerciantes, enquanto os vendilhões pululavam pelas ruas de Lisboa, mostrando a novidade em estatuetas, pulseiras e bengalas com os bustos de Ngungunhane e Mouzinho de Albuquerque, o herói caído em desgraça. Lisboa deleitava-se com as histórias reais e inventadas do monarca africano. As mulheres procuravam aproximar-se dos prisioneiros, querendo, de perto, apreciar a configuração física dos prisioneiros, e com o pensamento no tal rei vátua que convivia com toda a naturalidade do mundo com sete mulheres tão apegadas a si que recusavam separar-se dele, excitando o imaginário das lisboetas sobre os dotes físicos paranormais desse homem que nada de atlético oferecia naquele bojudo corpo de passos lentos e indecisos, bem contrário ao companheiro Zilhalha, também rei, todo atlético, de sorriso largo, sempre disposto a trocar uma palavrinha com ajuda do sempre alegre cozinheiro Gó que bem depressa se adaptou à língua portuguesa, servindo de intérprete nas banais conversas que tinham o calão como prato forte.

A novidade de ver pretos famosos era tanta que, à zona de Monsanto, mulheres e homens e crianças faziam autênticas peregrinações para de perto tentarem observar esse rei que se opôs à secular monarquia portuguesa. Havia os que de longe vinham, levados pela mesma curiosidade, como o rico alentejano que viajou de caleche com toda família para Lisboa, ciente de que veria o demônio do preto, certeza gorada pelas autoridades do ministério responsável, o que o levou a lançar imprecações largamente difundidas em jornais atreitos aos mexericos:

– Deixem estar que eu os arranjo. Cambada! Pois não queres ver, mulher! Negaram-me a licença, a mim, a mim, que gastei dinheiro para os servir e que trabalhei como um mouro! Ora esta, pouca-vergonha, deixem estar, deixem estar!

– Ó filho, isso não pode ser! Procura algum militar superior e diz-lhe quem és.

– Qual história! Falei a uns poucos fardalhões e não fui atendido! Que é proibido, que ninguém lá pode ir e que o ministro nem ao pai dava licença se ele cá voltasse a este mundo. Disseram-me que aquilo não era nenhum jardim zoológico e que os prisioneiros não eram nenhuns ursos, que estivessem em exposição! Olha que novidade. Ainda chucharam comigo! E venho eu a Lisboa gastar um dinheirão e não vejo os pretos!

Por essas alturas, Mouzinho de Albuquerque, responsável direto pela queda do império, ainda gozava de prestígio, e nada indiciava o inesperado e trágico suicídio de desconhecidas razões para o comum dos mortais, embora as importantes e decisivas figuras da monarquia tivessem conhecimento do seu mal-estar, pois sabiam que Mouzinho de Albuquerque não desejava tal figura de circo ao monarca africano, e muito menos os detestáveis papéis outorgados em despacho real, de ajudante-de-campo efetivo do rei D. Carlos I de Portugal, e de aio do príncipe D. Luís Filipe de Bragança, a ele, grande oficial da cavalaria, responsável pelas "campanhas de pacificação" em terras a sul e a norte de Moçambique, governador do distrito de Gaza, e, posteriormente, de toda a província ultramarina, que lhe ficou na memória não só pelas paisagens, mas pelos potenciais recursos, informação que fez chegar à Coroa, pedindo que lhe facultassem meios financeiros necessários ao fomento dessas imensas terras estendidas à beira do Índico. As que o poeta Camões, bem defronte das terras da Macuana, zona contígua ao que o vate chamou, como que augurando o futuro nome das terras que se estendiam pelo continente, de "Esta ilha pequena, que habitamos,/ É em toda esta terra certa escala/ De todos os que as ondas navegamos/ De Quíloa, de Mombaça e de Sofala./ E, por ser necessária, procuramos,/ Como próprios da terra, de habitá-la;/ E, por que tudo enfim vos notifique,/ Chama-se a pequena ilha – Moçambique". E agora, depois desses honrosos préstimos, da galhardia demonstrada, dos sacrifícios consentidos, era Mouzinho vilmente combatido e ostracizado por muitos que, ufanamente, afirmavam não concordar com os métodos empregados durante as campanhas em África, e o acusavam de desumano e racista, muito pelos pesados tributos impostos aos povos locais, esquecendo-se eles que Portugal, tal como o poeta cantou, devia fazer "... sentir o peso grosso/ (Que pelo mundo todo faço espanto)/ De exércitos e feitos singulares,/ De África as terras e do Oriente os mares".

No fundo, essas impretáveis personalidades invejavam os seus feitos, e, tinha disso certeza, a proximidade à rainha D. Amélia, avançando com indecorosos murmúrios de relações mais aconchegadas, taramelice que não era do agrado do rei, daí as dúvidas do suicídio, pois em matéria de fatos, é pouco crédivel que um indivíduo se suicide com dois tiros, tal como foi noticiado na manhã seguinte ao fatídico dia 8 de janeiro de 1902. Estas eram as ilações de gente letrada, muito distante do saber milenar da população que, em voz baixa, dizia, convictamente, que o suicídio de Mouzinho de Albuquerque teve como causa maior o mau-olhado e a raiva mal contida do imperador vátua Ngungunhane.

Na colônia, a monarquia nguni não despertava simpatia nem saudades, fato que causou alguma curiosidade ao governador que, conduzido pelo motorista Américo Matola, circulava com vagar pela artéria defronte do presídio, observando cuidadosamente os movimentos das mulheres sentadas em círculo. Elas não provocaram a esperada curiosidade na elite indígena: os irmãos Albasine, paladinos dos interesses dos Cafres, não fizeram a mínima referência à chegada das mulheres no jornal de que eram proprietários. Elas não eram notícia. Não existiam. Foram elididas da memória. Em parte, o fato explicava-se, segundo o governador, pelo teor do artigo a que tivera acesso, ao pedir os números anteriores, num dos jornais d'*O Africano*, datado de 1909, sobre o Ngungunhane:

"Tirano cruel era o Gungunhana e para vencê-lo V. Exa. pôs a sua espada, a sua energia e a sua vida ao serviço da pátria; e a pátria para abater a arrogância daquela besta imunda não se poupou a sacrifícios de nenhuma espécie. Era a luta da razão ao serviço da humanidade, era a civilização expulsando, à ponta da baioneta, o cruel tirano vátua, livrando aqueles povos de Gaza, daquela fera humana, substituindo-a por homens cultos, sérios, moderados, possuidores da verdadeira ciência de governar, de administrar. Já lá vão catorze anos!..."

Sempre pensou que a solidariedade entre a população face a um outro ocupante superasse ódios antigos. Tal não acontecia com as elites locais, pensava o governador. Elas almejavam assumir a alma lusitana, em detrimento das suas usanças. Diferiam dos indianos e chineses que de peito aberto se orgulhavam dos seus costumes, das suas línguas, das suas culturas. Os pretos, os não assimilados, como se apercebera, nestes poucos meses em África, só se reconciliavam com os ancestrais hábitos pela calada da noite. Era normal ouvir, para lá da zona da Circunvalação, o ribombar dos tambores e os cânticos evolando em ritmos assustadores para as almas brancas habituadas a outros sons melódicos, já assumidos pelos poucos negros e mestiços assimilados. De dia, para seu espanto, os pretos mostravam-se diferentes, sempre submissos à ordem dos brancos, assustando-se como lagartos aos gritos dos capatazes nas ferrovias, estradas e pontes. Os brancos tinham já sob o seu domínio os pretos que de tronco nu se entregavam servilmente ao trabalho forçado e miseravelmente pago. O tal orgulho vátua, que se impôs por mais de meio século, esfarelou-se em tempo recorde. Já ninguém fazia alusão ao império que se impôs nas terras do Sul da colônia. Os pretos só erguiam a cabeça ao cair da noite. Submetiam-se aos ancestrais ritos pela noite que libertava os espíritos temerosos da luz do dia, da luz dos brancos, do demônio branco que se fez às águas e domina o Sol. Estavam condenados a dividirem-se entre a noite, seu domínio, sua zona de conforto, e o dia, zona de tranquilidade dos brancos, o espaço por excelência da exploração, do empreendedorismo, do poder. Que a noite ficasse para os pretos, que se entregassem desalmadamente às orgias do seu encantamento, que assumissem na plenitude o paganismo que os caracterizava, mas que ao alvorecer, ao raiar da luz, se entregassem aos valores dos brancos, do Ocidente, da cultura civilizadora. Cabia a Portugal abrir outra página. Ocupou-se efetivamente o território, pese o fato de ainda existirem algumas bolsas por pacificar na região dos Macondes e no planalto de Mueda. A matéria-prima estava à disposição de Portugal. A mão de obra domesticada. As terras, vastas e férteis esperavam pelo engenho lusitano.

Durante o seu consulado, interessava-lhe abrir uma escola comercial que atendesse novas regras para o crescente comércio com o sertão profundo e pacificado. Não se podia deixar o interior aos vorazes baneanes que se adaptavam como camaleões aos hábitos locais, levando a população a achá-los como seus e a assumirem o comando do tráfego de mercadorias que as aldeias mais remotas muito desejavam. Cabia aos brancos desbravar a mata profunda. A alma nguni não mais assombrará as vastas terras a sul do rio Zambeze. E para o bom desempenho lusitano, importava escolarizar, de forma escalonada, os indígenas. As escolas rudimentares deviam ser alargadas com o apoio da Igreja Católica e o concurso dos Jesuítas na ação civilizadora. Alegrava-o o fato de os africanos, em particular os assimilados, olharem o passado como um período de barbárie, de feras humanas, de incivilização. Ao ver as mulheres, pacíficas e desconhecidas do mundo em volta, o governador respirou fundo e disse, em tom de alívio, ao motorista Américo Matola:

– Acelera o carro. Vamos à Ponta Vermelha.

O carro seguiu, veloz, pela avenida acima, ante os olhares atônitos dos passeantes da Praça 7 de Março.

E a tarde rendeu-se, em definitivo, à noite.

## 4

Sentadas à maneira das pretas, pernas cruzadas e encostadas ao traseiro, as mulheres conversavam com o olhar inquieto, como que pressentindo qualquer inquirição dos transeuntes que passavam, indiferentes muitos, meio perplexos outros, reduzindo o passo alguns, e olhando, com relativa insistência, para as cabeças das mulheres ostentando uma considerável trufa de cabelos a três ou quatro dedos da testa rapada, e com dentes de marfim cruzando por entre a carapinha em torre. As que assim se compunham eram as mulheres de Ngungunhane, a Phatina, a Namatuco, a Lhésipe e a Malhalha; as outras, as de Zilhalha, a Oxaca e a Debeza, tinham o cabelo cortado rente, cenário favorável a comentários, porque tal moda incomum, nas terras de Lourenço Marques e arredores, só podia vir da África do Sul, onde os autóctones conservavam práticas de há séculos que os Ingleses, em sua forma de governar, toleravam e incentivavam, deixando os naturais falarem e alfabetizarem-se nas suas línguas, regra que os Portugueses não transigiam, pois queriam que os pretos, não assimilados, se expressassem na língua lusa sem a devida escolarização.

– Só podem vir de Natal.

– São zulus. As mulheres de lá é que usam esses penteados. "Dizem que vieram no navio.", "Entraram em Durban.", "E o que vieram fazer?", "Há trabalho para homens e mulheres." – "Estas não... Não têm rosto de empregadas.", "E com criança da cor roubada aos brancos.", "Têm razão. Mas o que vieram fazer?" – Devem ter sido expulsas da África do Sul.", "Os brancos não gostam de misturas.", "Yah... Ter filhos com branco é sempre um problema.", "E por que se metem com as pretas?", "O sexo não tem cor. Não gostas de apreciar a mulher do capataz?", "Afasta essa imagem... Não repitas isso...", "Não provoquem as vespas...", "Tentem avisar o Sibuko Simango." – Para quê? – Ele fala zulu. Não veem que estas mulheres têm os olhos perdidos no céu?! – Será que Sibuko vai protegê-las? – Ao sangue não se foge. – Ainda perde o emprego. – É um protegido. – Vive ao lado do branco. – Eu vou avisar. – E aquelas de cabelo curto? – Devem ser as criadas da tribo. – É por isso que têm cabelo assim. – Para se diferenciarem das senhoras. – É complicado. – Cada tribo tem as suas regras. – E nós? – Obedecer e calar.

Assim falavam, anônimos, os que do porto e da ferrovia atravessavam a Praça 7 de Março, depois do trabalho, a caminho das zonas permitidas aos indígenas, porque à noite, negra e propensa ao mal, não se admitia a circulação de indígenas dentro do perímetro da Circunvalação, excetuando o pequeno número de empregados em serviços inadiáveis, como o Sibuko Simango, jovem de uma altura incomum aos naturais e portugueses, escolhido a dedo pelo responsável do almoxarifado da colônia, o senhor Antônio Antunes, para mordomo em toda a serventia da casa e outros afazeres, como o de o acompanhar, fazendo de guarda-costas, e prestando-se a comentários desabonatórios, por o almoxarife se assumir como solteiro maior e pouca atenção prestar às casamenteiras e a outras mulheres de fugazes prazeres. A reputação do almoxarife não era das melhores na pequena cidade, daí que o governador, especializado em direito comercial, o olhasse de viés. Não por o senhor Antônio Antunes manifestar simpatias à monarquia, coisa vulgar nos funcionários ainda não refeitos do recente abalo da implantação da República, mas por desconfiar de práticas ilícitas no manuseamento das contas do almoxarifado. O governador solicitara já a sua exoneração do cargo, o que pouco perturbava o senhor Antunes que, sob efeitos do álcool, dizia aos próximos e distantes ter já hectares e hectares de terra de cultivo em Inhambane e Gaza, fora a sociedade firmada no jogo com o escocês Mac Nab, homem de má rês, proprietário de vários serralhos na fronteira com a Suazilândia e famoso pelos distúrbios que causava na Rua Araújo, a tal do pecado onde perfilavam dezenas de "bars", como se grafava na época, com portas de vaivém à maneira do Faroeste americano e com prostitutas de todas as latitudes, cobiçando as migalhas de ouro em trânsito das minas de Witwatersrand. Às pretas era-lhes vedado o acesso. Quem as quisesse que atravessasse a zona da Circunvalação.

– Sibuko!...Sibuko!
– Quem é?
– Mugoda.
– Espera.
Uma pequena cerca de madeira circundava a casa do almoxarife. Muitos dos funcionários públicos já se haviam transferido para a parte alta da cidade, zona de terras expropriadas ao régulo Maxaquene, onde construções de cimento tomavam forma, seguindo o plano traçado a régua e esquadro pelo engenheiro Antônio José de Araújo. O almoxarife teimava em residir na Baixa, bem perto do cais, e com vista para a baía alargando-se ao horizonte. A casa térrea, de cor amarela, era de tijolo ocre, encimada por telhas vermelhas. Sibuko ocupava o quarto dos fundos, na zona do quintal destinada aos empregados domésticos. Quando o chamaram, encontrava-se na sala de jantar, arrumando a mesa do senhor Antônio Antunes que tomava, como sempre, ao cair do dia, o segundo banho. Era o banho mais demorado, porque se entretinha a assobiar e cantar músicas que pouco diziam ao Sibuko, por serem meio mortas e convidativas ao sono, contrastando com os ritmos mais vigorosos que ribombavam pela noite adentro.

– O que é que se passa? – perguntou Sibuko, com a cabeça ligeiramente inclinada, à soleira da porta das traseiras.
– Vimos umas mulheres à frente da fortaleza.
– O que é que eu tenho a ver com isso?
– Elas parecem-se com os teus.
– Como?
– Têm o cabelo puxado para o alto.
– Explica bem.
– Não lhes ouvi falando, mas parecem-se, pelo que me contam, com mulheres zulus, apesar de vestidas à branco.
– Devem ser as tais que o patrão falou.

– Quais mulheres?
– As do Ngungunhane.
– Estão vivas?
– Vou-me certificar.
– Têm um ar assustado.
– São estrangeiras.
– O quê?
– Esta terra já não lhes pertence.
– Podes ter razão.
– Há outros patrões.
– É verdade... Pronto... Já é noite para nós outros. Temos que atravessar a zona antes que nos chateiem.
– Obrigado, Mugoda.
– De nada. Onde as vais colocar?
– É minha família?
– Tenho a certeza.
– Então não fala alto.
– Mordi a orelha.
– Assim é...

E Mugoda desapareceu na noite a afirmar-se. Por breves momentos, como que a refletir no que ouvira, Sibuko levou a mão direita à cabeça, e, com um repentino puxão da mão esquerda, fechou a porta das traseiras. O patrão deambulava pela sala com o roupão de algodão que suportava o frio de julho. Era de meia altura, como muitos dos seus conterrâneos portugueses. A barriga de relativa proeminência, o rosto redondo a ruborizar-se por tudo e por nada, o olhar meio esguio, os dedos curtos e grossos denotavam ares de um desajeitado camponês recentemente urbanizado. O ar sério com que enchia a casa, desaparecia logo que saísse pela porta e atravessasse as artérias com o passo meio molengão. Na rua e no escritório e em outros locais públicos, um meio sorriso despontava constantemente dos lábios a esticarem-se para o lado esquerdo da face. Sibuko era a sua plateia. Gostava, quando só na silenciosa companhia de Sibuko, de perorar sobre tudo na voz aguda que o identificava. Nos seus monólogos, cabia ao Sibuko manter-se em silêncio e acenar a cabeça quando o almoxarife se virava para ele. Em público era de poucas falas, principalmente em presença de seus superiores, ou de funcionários do mesmo escalão, deixando a voz soltar-se com os parceiros de jogo a que se entregava nos "bares" da Rua Araújo, em noites de sexta e sábado. Nessas ocasiões, o vinho rolava em doses elevadas, e o rosto do senhor Antunes tomava a cor da salsicha a esquentar na frigideira.

– O que é que se passa?
– Dizem que chegaram pessoas da minha família.
– Queres dispensa?
– Dava-me jeito, patrão.
– Hoje é segunda... Podes sair.
– Obrigado, patrão.
– Arrumaste tudo?
– Tudo, patrão.
– Quero-te amanhã cedo.
– Sim, patrão.
– Vai.

E continuou, como um lagarto sem norte, às voltas pela sala da casa, fumando continuamente os cigarros sem filtro.

# 5

A noite de segunda-feira, do dia 31 de julho, não se apresentava, como no ano anterior, totalmente estrelada, mas parcialmente nublada e em luta com a lua em crescente posição, e a querer, a todo custo, afastar as negras nuvens indiciadoras de uma chuva miúda a cair pela noite adentro. Uma chuva passageira, diga-se, própria para aliviar as nuvens e dar total liberdade à lua que queria crescer, livre, pelo mês de agosto a entrar daí a poucas horas. Mas, naquele instante da noite ainda criança, as mulheres preocupavam-se com o frio que as incomodava, pois há cerca de quinze anos que não se sujeitavam a tais temperaturas, habituadas ao equatorial clima de São Tomé e Príncipe.

Oxaca, a mais nova das mulheres de Zilhalha, por sinal a mais recatada do grupo, e a que zelosamente preservava os segredos das outras, principalmente de Lhésipe e Malhalha, as que não suportavam transportar os segredos da alcova, recordou-se, ante o céu com estrelas meio ocultas, e com um ligeiro estremecimento do corpo, das últimas palavras da Pambane, a preferida de Zilhalha, no dia em que se separaram, elas preparando-se para a viagem à Roça Água-Izé, e ela querendo seguir o homem que dizia amar, um forro, escravo recém-liberto e também falante da língua crioula, de nome Antônio Fortunato, homem de mediana estatura e tez clara, a denunciar miscigenações em avoengos desconhecidos. Estava perdido de amores por Pambane. Queria levá-la para a sua gleba, um pequeno pedaço de terra que possuía em Caixão Grande, lá para o interior, longe do mar. O apego de Fortunato por Pambane devia-se à largueza das ancas, à protuberância do traseiro ondulante, e às fartas mamas que o encantavam. Não se continha quando a via, e sendo casado e marceneiro na cidade de São Tomé, queria-a lá no interior, longe dos olhares censuratórios dos que o queriam mais próximo dos Europeus, dos brancos, porque forro é gente civilizada que não denuncia o sotaque dos pretos quando se expressa em português. E ter uma preta vinda de um continente bárbaro, incivilizado, não caía nas graças dos mais próximos. Mas o homem não se aguentava com aquelas carnes em delírio, as tetas a refulgirem, duronas como a fruta maquequê. E aquele olhar, esguio, fugidio, esquivo, a equilibrar-se no pequeno sorriso que se soltava dos lábios carnudos, vorazes! Não, não a podia deixar no Hospital Militar, entregue aos cobiçosos olhares dos ociosos militares que se atiravam selvaticamente às pretas... E declarou-se, e desejou-a, e possuiu-a! "Serás minha, para sempre, minha preta selvagem, minha Pambane." E ela gostou, adorou a posição de amásia preferida, e despediu-se das outras, menos da Muzamussi e Dabondi, confinadas à casa do governador. Também não as queria por perto, muito pelo ar altaneiro e as posições críticas a certas condutas. "Tu compreendes, Oxaca, eu sou ronga, como peixe, gosto da vida boa, sou jovem, como tu, tenho vinte e dois anos e vida por gastar, e sei que este homem me fará feliz, essa coisa de realeza não escolhi, colocaram-me lá e só via o meu Zilhalha quando a lua se transformava completamente, desaparecendo do céu. E sabes o que custam quatro semanas de espera do teu homem!... Com este não, ficarei com ele, vou tratar da terra dele, e lá me sentirei feliz, ele que fique na cidade, mas ter-me-á durante os fins-de-semana como a sua eterna manteúda. Que Muzamussi e Dabondi vivam os delirantes sonhos que nunca se tornarão realidade! Eu vou com o meu Fortunato! Adeus, Oxaca!" E não mais souberam dela.

Com a Fussi foi diferente. A vida fugiu-lhe cedo. Contava ela com vinte anos de idade. Diferente das outras que sentiam certa repulsa da vida no bordel do Exército, Fussi apaixonou-se pela vida noturna, deixando-se levar por qualquer convite, seja feito com deferência, com algum respeito pela mulher, seja simples e desprezivo gesto estimulado pelo álcool e acompanhado de indecorosas palavras, seja o coito às pressas ou o demorado, carinhoso, em lugares diversos, mas na maioria das vezes na praia defronte do Forte de São Sebastião, sentindo as violentas ondas morrendo nas pedras da praia onde se erguia o forte de construção quadrangular. Assumiu os prazeres noturnos, o cheiro a álcool e esperma pairando nos minúsculos e desarrumados quartos de fugazes prazeres a dissiparem-se rapidamente nas mentes etilizadas. Fussi gostava dessa desmemoriação, desse esquecer do que acontecera, pois permitia-lhe repetir continuamente, numa espécie de automutilação, o prazer ou a dor que se desvaneciam com o raiar do sol na praia onde teimava passar as manhãs, banhando-se repetidamente nas cristalinas águas. Era um gesto irrefletido, imponderado, mas que continuamente repetia nas límpidas águas da praia, contrariando os eternos hábitos de outras mulheres e de muitos naturais que se viravam para o interior, para o segredo das florestas, para os cantos e os gritos e as vozes e os chilreios e os zumbidos e os chios que aí implodiam, numa harmonia só entendida por aqueles que saboreavam o cheiro que brotava do solo equatorial quando a chuva baixava de intensidade, permitindo ao autóctone absorver na totalidade os raios do sol refulgindo nos troncos negros e nus de centenas e centenas de trabalhadores das roças. Fussi não se interessava pelos sons e ritmos da floresta, o que a entusiasmava, de fato, eram os latidos de cães no cio, os balidos de bode, os guinchos de porcos e os berros de vitelos que os brancos emitiam quando a fornicavam em noites de estrelas ou de chuva, em quartos de bordel ou na praia. Eram esses sons que a perseguiam e a definhavam, tornando-a tísica e desprezada. Os encantos das mulheres mais austrais do continente foram-se precocemente: o traseiro bamboleante virou massa gelatinosa sem norte, as coxas dengosas espelhavam um intricado mapa de estrias, revelando o curso já cansado dos prazeres perdidos; e o olhar, outrora brilhante, morria ao pequeno sorriso. Não fazia três anos em terras de São

Tomé quando a encontraram sem vida nas areias da sua praia preferida: a do Forte de São Sebastião.
— Boa noite.
— Boa noite — retrucaram, meio surpreendidas e assustadas.
— Chamo-me Sibuko Simango.

Os olhares concentraram-se no homem de tronco saliente e de elevada estatura que as olhava com admiração. Algo se mexeu no íntimo das mulheres, pois recordaram-se, de imediato, da juventude nos largos espaços da savana onde homens de tronco nu e com escudo de peles e lança curta circulavam, policiando a vasta capital e provocando, por entre sorrisos contidos, alguns arrepios no corpo das mulheres que por mais de trinta dias aguardavam, ansiosamente, pela noturna visita do imperador. Na capital que levava o genérico nome de Mandlakazi, o mesmo que grande força ou cidade forte e bela, havia mais de trinta mulheres dispersas pelas casas de forma cônica, e com a porta sempre entreaberta ao rei que tardava em cumprir com os deveres conjugais, muito por se encontrar em confronto, não diplomático, mas bélico, com as autoridades portuguesas, com pressa de ocupar efetivamente o território, mais vasto que o Reino de Portugal e dos Algarves.
— Não me conhecem. Eu era miúdo, lá em Mandlakazi.
— Quem é o teu pai?
— Montlantle Simango.
— É mabulundlela — termo que os assimilados à cultura nguni levavam, significando "os que abrem os caminhos". Mantinham fidelidade ao império, aceitando, como sinal de subserviência, furar as orelhas, sinal que permitia à corte nguni controlar os que eram próximos, pois difícil se tornava saber dos que abdicavam do peixe, iguaria que os povos dominados muito apreciavam, a par da carne em demasia nos vastos pastos da savana.

— Era criança quando se foram com o rei.
— Sabes do meu filho, Tulimahanche? — perguntou Phatina, até então silenciosa.
— Dizem que anda por Gaza. Deixem-me que vos acompanhe à minha casa.

As mulheres mostraram-se confiantes com a pronta e segura atitude de Sibuko. O homem encaminhava-as pela cidade desconhecida, evitando as artérias principais e o contato com gente branca, até à zona da Circunvalação, região limite entre a população branca e indígena, seguindo depois para a residência de Sibuko, situada em terras de Chamanculo. Phatina, até então pensativa, despertava da sonolência de anos ao saber do filho que deixara com dez anos de idade ao cuidado de tias porque os homens, os mais próximos do rei deposto, andavam fugidos, e muitos refugiaram-se na vizinha África do Sul, em terras de Natal, zona originária dos Zulus, após o fracasso da revolta que tomou o nome de mbuysene, "tragam-no", em literal tradução, liderada pelo comandante militar de Ngungunhane, o Maguiguane Khosa, em 1897.

Em São Tomé, Phatina só pensava no filho, o único que tivera, imaginando-o em frequentes cogitações ante o turbulento momento de aprisionamento e exílio do rei e das mulheres mais próximas. A imagem do menino apossara-se dela com tanta intensidade que a tornou distante perante o assédio dos homens. O olhar tornou-se frio, levando um militar português a dizer aos próximos para não perderem tempo com a pedra rochosa que não aquece no tórrido e asfixiante clima de São Tomé. "Uma preta que não é quente, é um cadáver sem sepultura", sentenciou, e a frase colou-se à sua imagem nos quinze anos de exílio.

Oxaca não conservou na memória dos amores fortuitos histórias de Phatina, fora a do homem que saíra da cubata cuspindo por tudo o que era canto. Ela nunca explicou o fato, e as companheiras, habituadas ao seu silêncio, não insistiram, ficando-se pelas conjecturas, como a da indiferença dela se dever ao leve e ocasional mau cheiro exalando por entre as coxas, longe de saberem que tais emanações provinham daquilo a que os médicos, em tempos mais modernos, designariam por fístula retovaginal, mazela que a conhecida matriarca angolana, mãe Maria, tratou de afastar do seu corpo através de ervas e mezinhas e suplementos dietéticos sem assento no cardápio da medicina ocidental, mas de grande eficácia nas fitologistas africanas. Mesmo curada dos incômodos cheiros, Phatina não alterou a sua personalidade, mantendo-se fria a qualquer investida masculina, apesar dos respeitáveis atributos físicos: coxas compridas e roliças, o traseiro a ameaçar as costas, dentes alvos a contrastar com a macieza negra da pele, a trufa de cabelo ameaçando os céus, tudo a provocar olhares libidinosos que ela se apressava a afugentar com o olhar de serpente venenosa. O que a humanizava, granjeando o respeito de muitos na Roça Água-Izé, era o jeito singular na cozinha. As pessoas afeiçoavam-se a ela pelo sabor que emprestava aos pratos confeccionados à base da grande generosidade da terra são-tomense, com verduras e frutas e tubérculos, como a matabala que ela preparava acompanhada de molhos de diversas verduras. Foi a primeira a quebrar o tabu do peixe, alimento desdenhado pela população nguni, dizendo às outras do exílio que de nada lhes servia manterem-se fiéis ao dogma de não consumirem o que do rio e do mar vinha, pois encontravam-se rodeadas de água e viviam por entre centenas de regatos que desciam das impenetráveis alturas dos montes de São Tomé. "Não temos outra salvação senão convivermos com o mar, respeitando o seu temperamento, aplacando as suas fúrias e amaciando-o quando o sossego das ondas nos convida para as suas entranhas." Namatuco, Lhésipe e Malhalha, convictas defensoras dos hábitos nguni, mostravam-se relutantes em se fazerem ao mar e experimentar os seus frutos. Preferiam virar-se para a vasta e impenetrável floresta, deixando Phatina deliciar-se com os frutos do mar e a sua matabala, ou farinha de milho, em companhia de Oxaca e Debeza, mulheres livres de qualquer interdito de ordem alimentar. Mas Lhésipe e Malhalha depressa transigiram do secular interdito, muito, segundo elas, por terem tido filhos fora da realeza, fato demonstrativo de mácula superior à simples quebra do tabu do peixe e outros frutos do mar. Argumento aceitável, mas distante da real razão porque a quebra do interdito se deveu, em grande medida, aos odores dos pratos são-tomenses que, inelutavelmente, adentravam pelos corpos, tornando difícil a sobrevivência dos espartanos costumes nguni na ilha onde o peixe e outros frutos do mar pontificavam nos hábitos alimentares. E o prato detonador, o pecado original, o desvio cultural, teve origem no calulu e no jeito que Phatina teve em juntar os ingredientes e anunciá-los, com gosto, começando, como era da práxis, pelos que entravam no pilão, como as folhas de maquequê, do libó, de água, do olho de grão, da gimboa, da folha de galo, de micocó, de otaji, de mambleblé, de pega-rato, de ocá, de agrião e coentros, e depois, já na panela grande, entravam a maquequê, a beringela, o pau-pimenta, o quiabo, o tomate, a cebola, a malagueta, o peixe fumado, o búzio do mar fumado, o peixe salgado, o camarão, a tartaruga fumada, o tubarão fumado, a andala, o fulu-fulu, e mais o peixe-pombo e o peixe-voador. Misturados os ingredientes, ela deixava a panela em lume brando durante a noite. E os odores evolavam, pairavam na quietude equatorial, entrando pelas narinas inquietas de Lhésipe e Malhalha. E ela, sempre atenta aos sinais, perorava sobre as virtudes da branda cozedura do calulu, prato emblemático na culinária são-tomense. Não havia como resistir a tão alto e odorante chamamento culinário. Lhésipe e Malhalha, passados três meses, duas semanas e quatro dias de torturante assédio gastronômico, sucumbiram aos encantos culinários de Phatina. Namatuco, pelo contrário, não se deixou enredar no encantador discurso culinário. Manteve-se fiel aos hábitos nguni. Com a estoicidade de mulher nguni, suportou os chamativos aromas que entravam pela casa e se grudavam às paredes de madeira e ao teto de colmo. A todo esse aliciamento, Namatuco sobrepôs a férrea disciplina de curandeira, o dom que tivera em dialogar com os espíritos do além, blindando-a contra os encantos da culinária são-tomense das mãos de Pathina. Essa disciplina, a roçar hábitos monásticos, vinha dos tempos em que acompanhava os grandes botânicos da corte na separação das plantas e raízes, e na busca da dosagem ideal para as maleitas que amiúde tocavam o harém do imperador. Ngungunhane adorava-a, mais na vertente premonitória que curativa, pois ela sabia, mais do que ninguém na corte, prever acontecimentos através dos sonhos e das estranhas sensações que a terra fazia chegar à planta dos pés. Ao acordar, e seguindo o hábito de sempre, circulava à volta da palhota, sentindo, como ninguém, a terra a movimentar-se na planta dos pés. Procurava decifrar os sinais que a areia fazia chegar ao corpo através dos nervos vibrando em tonalidades diferenciadas. Demorava-se por mais de meia hora nessa terrena consulta que a fazia parar, dar passos curtos, acelerar, afrouxar, e fixar-se, por largos minutos, num determinado lugar, geralmente perto do canhoeiro defronte da sua palhota. Feita a consulta matinal em jejum e sem preparo no corpo, recolhia à palhota e esperava que o imperador se abeirasse da porta e a cumprimentasse. Poucas foram as vezes que tiveram o contato físico, sexual, amoroso. Ngungunhane respeitava o dom que o protegia dos perigos terrenos. Ela diferia dos que ditavam a sorte e a desgraça nos ossículos espalhados pelas esteiras dos consultórios. Namatuco não precisava desses artifícios; falava com a terra, estabelecia uma relação umbilical com o chão dos antepassados, dialogando com eles, sentindo a alegria e a tristeza que perpassavam pelos espíritos que muito queriam intrometer-se na vida terrena, discutindo, por vezes, com alguns de inclinação maléfica, a quererem vingança, a reivindicarem o corpo de uma mulher ou de um rapaz; bastas vezes ela ouvia os conselhos dos avoengos conhecidos e desconhecidos; e por entre as névoas do passado conseguia ver o futuro a desenhar-se no horizonte; Ngungunhane adorava saber de notícias da mãe, o que ela pensava. Ao pai, o Muzila pouca atenção prestava, pois sabia que o predileto dele era o Mafemane, o irmão que mandara assassinar no momento de ascensão ao trono. Namatuco, nessa natural inclinação em predizer o futuro através dos espíritos, augurara a viagem à terra dos brancos e a separação entre ele e as mulheres, sem, no entanto, se aperceber que tais fatos coincidiriam com o fim do império. Ngungunhane, pouco preocupado com as circunstâncias da viagem, perguntara como sobreviveria sem as suas mulheres, ao que retorquiu dizendo que os brancos lhe facilitariam a vida, ofertando-lhe mulheres sem sentimento. Estas e outras conversas ocupavam parte das manhãs do imperador que pouco se preocupava em olhar os seios palpitantes e o rosto lacrimejante de Namatuco. Ela era a ponte para os espíritos nguni. A sua existência material pouco significado tinha para o rei. O corpo deixara de ter importância à medida que os dotes paranormais se sedimentavam. Confiava nela, e muitos dos curandeiros da corte foram condenados à morte por não acertaram nos vaticínios que ela confidenciara ao rei. E quando chegaram à metrópole, Ngungunhane quis que ela continuasse com os dons premonitórios em dia.

— Os meus pés não reconhecem esta terra, rei.
— Como?
— A pouca areia que me chega aos pés é fria e sem voz. Não tem alma.
— Ah!?...
— Sabe a cemitério sem nome.

Nas semanas que se seguiram, Ngungunhane foi-se distanciando dela. Às mais próximas, principalmente a Phatina e a Muzamussi, dizia, com crescente mágoa, que os sonhos, outrora férteis em histórias e sinais, também se esfumaram.

— As pedras desta grande casa bloqueiam a imaginação. Aqui tudo é frio, Namatuco — retrucava Muzamussi.

— Elas fecham-se sobre nós — acrescentou Phatina.

— Estou morrendo.

— Outros dias virão — disse Phatina.

— Não sei. Os meus pés morreram. A minha mente já não liberta nada. O Ngungunhane evita-me. Já não existo para ele. Os brancos conseguiram o que queriam: matarem-nos vivos.

— Nisso podes ter razão — aquiesceu Muzamussi. — Não seremos nunca os mesmos. Com a morte do reino, morreu a nossa terra, os nossos espíritos, a nossa vida.

— A gazela não dança de alegria em dois lugares, mulheres. Há tempos bons e maus — avançou Phatina. — O macaco não se deixa vencer pela árvore — sentenciou.

— É isso — corroborou Muzamussi.

E quando desembarcaram em São Tomé, Namatuco começou a alegrar-se. Os sonhos começaram a povoar a sua mente sem a intensidade anterior, e com a particularidade de só ver o passado. O futuro estava-lhe vedado. Os pés, esses, não readquiriram as aptidões de outrora. E culpava o mar. Achava que o mar bloqueava as ondas de energia que queriam extensões de terra sem fim. As águas que circundavam a ilha bloqueavam qualquer comunicação. O mar perturbava-a. As ondas a morrer nas negras e basálticas rochas à beira-mar da Roça Água-Izé, na baía da Praia do Rei, impeliam-na a refugiar-se no interior da roça. Não queria nada com o mar. Daí a amizade e o concubinato não assumido publicamente com o Antônio Respeito Boa Vida, natural das terras interiores do então distrito de Nampula, província ultramarina de Moçambique, como rezava o quadro administrativo pós-pacificação, território que Namatuco desconhecia por lhe ser tão estrangeiro como a ilha de São Tomé, e muito fora da pátria que perdera: o império de Gaza. De comum, tinham a aversão ao mar e a predileção pelo interior e pelas plantas curativas. Embrenhavam-se pelo mato adentro durante dias e semanas. Trabalhar na roça, só na época das grandes colheitas. Viviam curando maleitas com recurso a plantas e outras mezinhas que a terra ofertava. E por se tratar de um casal com ligações a domínios não acessíveis ao comum dos mortais, pouco se falava deles. Ou falava-se com respeito. E Namatuco pouco se aproximava das outras, não só por se encontrar mais no interior da floresta que na periferia da roça, mas também por se dedicar, com afoito, à cura de maleitas, não se entregando às conversas sem sentido. Respeitavam-na por não se ter deixado levar pelos sabores dos frutos do mar, e por ter a vida regrada, próxima da fidelidade, porque às viúvas não se lhes conhece outro marido que não seja o defunto ou familiar próximo, aquele a quem por direito consuetudinário tem o privilégio de txingar, ritual que consiste em libertar sexualmente a viúva através de um ato sexual com o irmão, ou, na ausência deste, com um parente próximo. Cabia-lhes, pela tradição do lobolo, manter-se na esfera patrilinear e patrimonial do viúvo, e, no caso das viúvas do imperador, outro destino não lhes seria dado que não o de manterem-se fiéis ao nome e hábitos do império. As outras não fizeram isso. Sabiam que tinham que continuar a ser fiéis ao imperador, mas a geografia física impedia-as de cumprir o ritual, daí que tenham ignorado o interdito, optando por ter relações ocasionais ou permanentes. Mas Namatuco manteve-se fiel na aparência, alimentando o milenar adágio de sempre parecer honesta; e para tal vivia em casa não só diferente mas a respeitável distância da do Antônio Respeito Boa Vida. Ela sabia que o que parecia ser não era, mas respeitava a aparência, guardando, para tanto, um segredo nunca revelado nem ao companheiro das mezinhas. Dizia-lhe, na intimidade da alcova, que ela não podia ter filhos porque os espíritos assim o determinaram, fato não assente na verdade, pois fora o próprio Ngungunhane que pedira aos curandeiros da corte para a tornarem sáfara. "Não posso admitir que esta mulher transmita, por herança genética, os poderes que ela tem a um filho que possa, eventualmente, com o poder a herdar, tirar o meu príncipe Godide da sucessão. Aos espíritos o seu lugar", assim sentenciou Ngungunhane aos nyangas que depressa trataram de cumprir com a ordem de Namatuco não mais poder ser fértil, como o comum das mulheres. E ela aceitou, sacrificou a maternidade, o direito natural de ser mãe, de amamentar, de educar o próprio filho, para se dedicar exclusivamente ao rei-imperador que a visitava em consultas diárias e a possuía quando os sinais premonitórios se auguravam propícios, coisa em que os últimos cinco anos de governança não abundaram, contribuindo para as escassas relações sexuais.

– Estamos quase a chegar à nossa fronteira – disse Sibuko.

– A escuridão nos aguarda – avançou Pathina.

– Habituamo-nos ao escuro. É o nosso mundo – retrucou Malhalha, mulher de pequena estatura, com tendência para a obesidade que a esteatopigia minimizava, por as nádegas e a parte superior das coxas sugarem as gorduras que deviam ser proporcionalmente distribuídas pelo corpo. Os seios não eram intumescidos como as das demais; tinha-os com menor fulgor, notando-se, apesar de ter amamentado o João Samakuva Gomes, os mamilos ainda em flor a querer despontar da blusa e do xale que amiúde os denunciavam. Gostava, como as outras, de andar descalça, de pisar o chão e sentir a terra nos pés curtos e grossos a suportarem as ancas que desvairaram o João Gomes Samakuva, companheiro e devoto amante, com quem partilhou, por cerca de dez anos, o mesmo teto, uma casa de dois quartos e sala, construída em madeira e ao jeito das palafitas, como muitas das casas de São Tomé são erguidas, para fugir das constantes enxurradas que o clima equatorial propicia. João Gomes viera criança para São Tomé, pouco se lembrando das terras do planalto central de Angola, zona dos M´Bienos, sua etnia, um subgrupo dos Ovimbundos, mas falando fluentemente o umbundo, sua língua materna. De estatura média, João Gomes Samakuva formava com Malhalha um par ideal, apesar da diferença de idades, ele rondando os quarenta e tal anos, e ela pelos vinte.

– O dia foi-nos tirado, Malhalha.
– Por isso é que a noite é a nossa zona de conforto, Phatina.
– Merecemos a luz. Todos a merecemos.
– Levará tempo.
– Lá chegaremos.
– E nós em pó. Viste como os nossos andam?
– De cabeça caída.
– Levará tempo até erguerem a cabeça, se é que um dia a levantarão.
– Não abomines o tempo que virá.
– Conosco tiveram a cabeça descaída. Vituperaram-nos quando partimos. E agora estão piores.

— Quando uma porta se fecha, pensa-se que o espaço seguinte será mais acolhedor, Malhalha.
— Estão na lama.
— Encontrarão os ramos que os levarão à terra firme.
— Ou caminharão para o pântano.
— Nas mãos do homem não nasce capim enquanto vive. Pensavas em regressar a casa?
— Só quando o Samakuva morreu. A ilha e o mar que nos cercava passaram para um plano secundário. Sonhava às vezes com esta terra, tinha saudade das vastas planícies, das terras sem fim. Mas não queria largar a campa do Samakuva. Vivia em função do meu homem morto. Ele libertou-me. Ou foram os espíritos são-tomenses que me expulsaram? Não sei. Tenho dúvidas, Phatina.
— Mas aqui estás, Malhalha.
— Caminhando para o escuro. Não sabemos o que nos espera, Phatina.
— Eu espero encontrar o meu filho. Irei atrás dele. Vou encontrar o Tulimahanche.
— É a tua esperança. Eu vou para Xai-Xai.
— Vais erguer a tua casa.
— Estamos sós, Phatina.
— Sempre estivemos sós, Malhalha.
— É... a solidão abraçou-nos — e, instintivamente, puxou a cabeça do filho ao regaço, amaciando o cabelo crespo e despenteado do miúdo que se atrapalhou no andar.

Diferente da mãe, João Samakuva Gomes, tinha tendência a ganhar altura, pois já com oito anos atingia os ombros da mãe; e não puxava ao pai que em altura pouco ombreava com os de origem marfinense ou ganense que em tempos sem memória aportaram às ilhas, na rota da escravatura, misturando-se, em séculos sucessivos, e dando origem, ainda que em dose menor, à língua angolar, crioulo falado na parte sul de São Tomé, na vila e arredores de São João dos Angolares. A língua, aglutinando léxicos do forro e doses substanciais de quimbundo e quicongo, não era do agrado do pai do João, o João Gomes Samakuva, por não comportar palavras da sua ancestral fala, o umbundo. Preferia ensinar ao filho o forro e a língua portuguesa, e, seguindo esse ideário, registrou-o trocando o apelido de Samakuva por Gomes. Tudo, segundo ele, para não prejudicar o filho na ascensão social.

Os tempos do futuro, Malhalha, não jogarão a nosso favor. Estes têm que aceitar a alma do branco para poderem respirar.

E nisso tinha ele razão, pensava Malhalha, olhando para a sua condição de derrotada e não cristã, pois não adotara nomes comuns aos brancos, como acontecera com Ngungunhane e outros que, com a bênção e apadrinhamento do então governador das terras do exílio, o general Frederico Augusto de Almeida Pinheiro, mudaram os nomes, passando a chamar-se, depois do batismo e crisma, Reinaldo Frederico Gungunhana, Antônio da Silva Pratas Godide, Roberto Frederico Zixaxa e José Frederico Molungo, nomes que pouca ventura tiveram, pois os habitantes da ilha já se haviam habituado aos nomes pagãos que davam certa graça na monotonia das Marias e Josés e Antônios e Franciscos, identidades que pouco tinham a ver com as tradições animistas, alicerçadas em crenças baseadas no protagonismo dos antepassados, e não em Velhos e Novos Testamentos erigidos em terras tão áridas e distantes da água e flora e fauna de toda a espécie que os trópicos ostentavam com abundância e exuberância.

Ao tomar conhecimento do regresso à terra, Malhalha não se entusiasmou, como as outras, pois apegara-se à ilha, ao clima, às pessoas, às línguas, e à sua liberdade. Sentira, enquanto casada com o João, o peito mais liberto e as desencontradas convulsões

do amor. Nunca antes tivera esse indescritível sentimento roendo-lhe o peito quando João Samakuva se demorava em conversas com as mulheres das redondezas; e quando se punham às gargalhadas, olhando-a de soslaio, Malhalha não conseguia conter a mistura de sentimentos que a abalava, como a dor de perda, o esfarelamento de uma relação, o apagar de luzes, a necessidade de vingança, a greve sexual, enfim, um torvelinho de sentimentos desencontrados. E para escapar a tudo, escondia-se no silêncio, esperando que João, no recesso da casa, proferisse uma palavra e sorrisse como sempre, para que a dor no peito se esfumasse e a paz voltasse ao coração. Ao perguntar a Lhésipe, as razões de tais tumultos, ela foi peremptória:
— Deixaste-te contaminar com o calor da ilha.
— O calor é interior, Lhésipe.
— Esse só deve estar com os homens. Nós servimos.
— Nunca sentiste?
— Não. O meu prazer fica-se pela dor. Quando me penetram, ranjo os dentes, cravo as unhas nas costas do homem, sussurro, e sinto o homem a estrebuchar, a entregar-se, a tornar-se indefeso. Pensei que com os brancos fosse o contrário. Mas todos fodem da mesma maneira. São brutos. A ligeira diferença reside no palavreado que os brancos soltam de forma desordenada. Os pretos, esses, ficam-se muito pelos grunhidos. Isso tu sabes. O Ngungunhane não era assim?
— Com este é diferente, Lhésipe.
— Vais-te perder. Lembras-te da Fussi?
— Não tenho a tendência de querer outros. É este meu João que me provoca coisas sentidas. E cada vez que sinto, mais o quero, Lhésipe.
— Queres foder sempre?
— Não. Quero-o para mim.

— Os homens são como os leões, não se contentam com uma, mas muitas fêmeas. Elas é que os alimentam, é que vão à caça. O teu homem não foi feito só para ti, Malhalha. Tens que o libertar, deixá-lo à solta!

— Não consigo. Este calor e aperto no peito só me puxam para ele.

— Estás doente.

— Uma doença estranha e que passa quando ele se aproxima e me toca com aquele jeito que só ele sabe fazer.

— Estranho esse sentimento de insegurança e conforto. Sentes sempre isso?

— Quando se demora ou se adentra no círculo das mulheres, sinto a dor, o desassossego.

— Isso é doença dos homens, Malhalha. São os homens que lutam pelas mulheres. Não vês os animais quando estão no cio? Eles lutam pela fêmea, têm que mostrar a sua virilidade. Os mais fortes é que ganham, só eles é que têm direito à procriação. Nós aguardamos pelo fim da luta, pelos mais aguerridos. Só os mais nobres é que têm direito à nossa cama. Tu não podes ter esses sentimentos.

— O que devo fazer?

— Cura-te.

— A única cura, Lhésipe, é estar ao lado dele.

— És anormal.

— Talvez seja.

E não levou a peito a afirmação da Lhésipe, mulher das suas confidências, amiga na larga corte das mulheres do imperador. Sabia-a como mulher das primeiras palavras, dos primeiros impulsos e de sorriso fácil. Sempre foram próximas no círculo mais chegado das quarenta mulheres do imperador residentes na capital do império. Apesar de Malhalha a achar mulher de ideias tontas, Lhésipe nunca se afastou dela. E quando perdeu o marido, ela esteve por perto, deixando os filhos Marco Antônio e Maria Antônia conviverem e partilharem o mesmo teto com o João Gomes. Apesar de não se ter recomposto da morte do marido, Lhésipe ainda a fazia sorrir e encarar o futuro com maior otimismo. As outras pouco se preocuparam com o seu leito noturno.

– A vida está para lá das águas que nos cercam, Malhalha.
– Não serei nada sem o João.
– Tens a sorte de teres o João filho.
– Este é Gomes, Lhésipe.
– É só nome.
– Não. O Samakuva queria que o João fosse Gomes e não Samakuva.
– Não entendo nada dos vossos jogos. Para mim, o teu João está neste miúdo.
– Nunca entenderás.
– É melhor. Não terei dores de cabeça.
– É a tua sorte.
– Qual?
– De não entenderes.
– A mudança de Gomes e Samakuva?
– Isso e mais.
– Os meus filhos Marco e Maria deixarão de ter marcas minhas com a mudança de nomes?
– O destino está nos nomes, Lhésipe. Eu terei que educar o Gomes a não ser Samakuva.
– E eu Lhésipe...
– Condenada pelo infortúnio de um império destroçado.
– E a ter filhos de cores distintas e sem amor de pai.
– Traçaram-nos o destino...
– De sermos infelizes. Tu ainda soubeste o que é a felicidade de ter um homem por noites e semanas e meses e anos no teu leito.

— Mas tiraram-me essa felicidade. O meu corpo está marcado pelo cheiro do João Samakuva. Aquele que de mim se aproxima sente o odor do João. Cheiro a morto sem sepultura, Lhésipe.
— Não exageres.
— Já mo disseram. As minhas partes internas só fedem a morto. Cada vez que me deito na sepultura do Samakuva, os cheiros do meu homem renovam-se. Ele está dentro de mim.
— Eu não sinto nada, Malhalha.
— É só para os homens que se me aproximam.
— Ah!... É triste...
— Mas adoro conviver com o meu homem. Foi o único que me provocou estranhas sensações.
— Ainda vais a tempo de expulsar esse espírito.
— Não posso, Lhésipe.
— Por quê?
— Ele vai guiar-me na educação do João Gomes.
— Não sou a única chalada.
— Não compreendes.
— É melhor não compreender.

E quando a ordem de regresso chegou, Malhalha mostrou-se relutante em se afastar do verdadeiro leito: a campa de João Gomes Samakuva. Era a segunda casa, o lar noturno. Lá passava as noites, conversando com João, contando histórias reais e irreais do trabalho na roça e das diabruras do menino, em monólogos continuados e por vezes exaltados. Sob as estrelas cintilando a espaços por entre as copas das árvores sem medida no seu imaginário de mulher das savanas, ou da chuva que lhe chegava a gotas, entre a espessa cobertura de folhas, ou a que desabava como um dilúvio, fazendo-a estremecer, não de frio mas de arrepios da madrugada equatorial. Malhalha mantinha-se fiel ao leito de areia que religiosamente recompunha face à inevitável erosão.

E quando o sol anunciava, timidamente, a presença por entre a folhagem das alturas dos deuses, ela recompunha-se, afastava as folhas das árvores coladas ao corpo, ajeitava a trufa de cabelo, passava suavemente a mão pela campa, endireitava a cruz de madeira pintada a cal e, com jeito terno, enterrava, ao lado ou defronte à cruz, a rosa-de-porcelana, rosa que João amava entre as variadas e abundantes flores da ilha. Não sabendo o nome, pois nunca se cultivara em matéria de flores e outros domínios próximos, ela simpatizava com a rosa-de-porcelana, por a achar digna e firme na sua consistência, muito diferente da outra, também abundante, a que conhecidos na matéria chamavam de hibisco, e que ela, na sua ingênua ignorância, designava por flor atrevida, dada a capacidade em se metamorfosear em cores como o encarnado, amarelo, laranja, rosa e salmão, e se abeirar das pessoas que instintivamente a tiravam dos arbustos que a sustentavam. Já a rosa-de-porcelana, emergindo, garbosa e altiva, dos talos diferenciados, mantinha-se distante da mão curiosa; era uma flor respeitável, não se dando, de qualquer jeito, à devassa humana. Havia bastante cuidado no corte do caule que a sustentava. Esse respeito Malhalha aprendeu do João marido, pois era hábito vê-lo, nas manhãs em que se dirigia à Oficina de Fundição e Serralharia da Roça Água-Izé, arrancar aleatoriamente uma flor de hibisco, desmanchá-la, pétala por pétala, e abandonar, sem interesse, os pedaços sem sentido da flor ao acaso, enquanto pensava no dia de trabalho. Não dava valia às flores que tanto aspiravam, nas suas constantes mutações, ao afago dos homens e das mulheres, preferindo, em ocasiões especiais, sobretudo quando se atrasava, arrancar a rosa-de-porcelana, acariciá-la e colocá-la numa lata no canto do alpendre onde Malhalha, de olhos inquietos, esperava, à entrada da noite, a chegada do homem, que lhe sorria por entre as folhas de bananeiras que se abriam à sua passagem.

Eram lembranças que lhe vinham quando retirava a murcha rosa-de-porcelana, e colocava a nova, ao lado ou defronte da cruz que encimava a campa, afastando-se, de seguida, da floresta, a caminho da casa diurna que tanto estimava, bem diferente das incômodas palhotas cônicas por onde se entrava agachado, lá nas terras do império de Gaza. O grosso das habitações de São Tomé eram de madeira, e alteavam-se do chão através de grossas estacas de madeira, configurando o que comumente se designa por palafitas. Na parte de baixo ficava o galinheiro, repousavam os porcos e grasnavam os patos. As bananeiras circundavam a casa suspensa. Defronte, como que a proteger o lar, erguiam-se duas grandes árvores de fruta-pão, espalhando a desejada sombra que as grandes e recortadas folhas derramavam pelo chão de terra sempre enlameada com a incessante chuva equatorial.

Aos primeiros raios do Sol, Malhalha subia as escadas de madeira e seguia, como de costume, para o quarto onde o João Samakuva Gomes dormia. Desde que o marido morrera, o pequeno partilhava o exíguo aposento com os filhos da Lhésipe. Cabia-lhe acordá-los e prepará-los para a escola indígena do interior da roça. A matabala, tubérculo em abundância nas cercanias da casa, ou a fruta-pão assada, acompanhada com sumo de sape-sape, fruta também conhecida, noutras latitudes, por graviola ou jaca de pobre, era o pequeno-almoço dos miúdos. Poucos sabiam, e nem se preocupavam em saber, porque o alimento estava à mão de todos, que a fruta-pão fora trazida pelo barão fundador da Roça Água-Izé, o senhor João Maria de Sousa e Almeida, tal como o cacau que tanto prosperou nas ilhas do Atlântico. Estes saberes eram para os outros, os que mandavam, os que na ociosidade das grandes e compridas varandas das casas coloniais pensavam e observavam os pretos a esfalfarem-se, de tronco nu, na colheita do cacau, enquanto as mulheres, com saias compridas e largas, secavam o cacau em enormes tabuleiros de madeira expostos ao sol.

Lhésipe juntava-se a Malhalha já depois dos miúdos se fazerem à estrada. Sabia que a estada dos filhos na casa da amiga não era um encargo, mas uma confortante companhia para o João Gomes, dadas as noturnas ausências da mãe, que transformara a campa do marido em aconchegante leito de prazerosos sonhos ou de inconfortáveis insônias quando a gravana, época seca das ilhas, se instalava e fazia descer os espíritos da grande floresta de Obó. As árvores choravam e ela refugiava-se nas cavidades da grande árvore ocá. Nessas noites insones ela ouvia, a espaços, a serena voz de João, convidando-a a sair da floresta e a dedicar-se ao filho que devia crescer e tornar-se um grande senhor; mas à maviosa voz sobrepunham-se as estrondosas e imperativas vozes da floresta de Obó, vozes que ordenavam aos habitantes da ilha que se curvassem ao interior e dessem menos atenção ao mar e às revoltas águas do oceano que os cercavam. Eram vozes da impenetrável floresta implodindo das grandes altitudes da ilha, clamando pela penitência e pelo respeito dos atávicos costumes em completa degenerescência com a crescente miscigenação dos homens livres a distanciarem-se das culturas ancestrais. Era a luta sem tréguas entre os espíritos do mar a bramir pelo progresso, a integração e o alargamento do horizonte, e o clamor, o brado noturno dos espíritos da floresta de Obó descendo às praias e vergastando as palmeiras e as seculares árvores ocá que choravam e se penitenciavam perante os espíritos fundadores da alma são-tomense, que teimava em não se cruzar, em não conviver com o espírito aventureiro do mar, o espírito do infinito, das profundidades insondáveis, dos horizontes sem fim. Foram os espíritos do interior que a convenceram a partir, a afastar-se do horizonte são-tomense e a regressar às planuras

das terras sem fim do que outrora fora o seu império, por causa da sua não integração, da recusa em aceitar a chamada de Obó, do incessante querer que o João filho se afastasse dos espíritos da ilha e abraçasse os grandes espíritos do tempo novo, como o marido tanto apregoava. A ilha não era o destino de João Gomes.
– Chegamos à fronteira – disse Sibuko Simango. – Aqui termina o mundo dos brancos e começa o dos pretos.
– Estou sentindo – aquiesceu Namatuco.
E sentira, de fato, depois de quinze anos de exílio, a planta dos pés a ganhar vida e a transmitir a energia vital, a regressar aos tempos primeiros da vida premonitória. O corpo começou a ter vibrações próprias. O sangue fluía, os nervos retesavam-se e distendiam-se a ritmo próprio e os pés ganhavam a vibração da reaprendizagem. Chorou e abraçou Phatina, afirmando, com voz trêmula de alegria: "Estou a renascer, Phatina. Os espíritos da terra estão a acolher-nos. Voltamos à casa."

# 6

A Estrada da Circunvalação, era, na verdade, o ponto mais a norte da urbanização feita a régua e esquadro. Do cais de chegada, a cidade, como um polvo distendendo os tentáculos, crescia no sentido norte, afastando, sem piedade, os autóctones, aqui designados indígenas, e coartando a expansão, no parco meio urbano, de outros grupos minoritários como os baneanes, os chineses e os árabes. À medida que a cidade crescia, a Estrada da Circunvalação afastava-se a norte, deixando a sul os eleitos, os que venceram a batalha da colonização efetiva, os que com canhões destruíram os mangais e entraram, de fuzis em riste, terra adentro, trazendo os seus hábitos e costumes, e os objetos de eleição, como a bússola, o quadrante, o astrolábio e a balestilha, instrumentos de muita usança na arte da navegação, mas de pouca valia em terra firme, fora a agulha de marear, a bússola.

Havia também os cartógrafos e topógrafos, com os instrumentos de mapeamento e medição, instalando-se, com vestes desajustadas para os trópicos, nas proximidades do mar, sua zona de conforto, pois sabiam que nas águas eram imbatíveis, construindo para sua defesa, não o forte com baluartes e valas, mas o que então designavam por presídio, pequena fortificação de paus e troncos e pedra arenosa, em abundância na zona, a envolver o perímetro de defesa dos poucos colonos com as suas amásias pretas, esquecendo que o maior inimigo desses tempos primeiros de ocupação da baía de Lourenço Marques era a febre palustre.

Zona de pântanos pestilentos, como os cronistas da época caracterizavam a futura capital da colônia de Moçambique, a baía de Lourenço Marques foi cobiçada por austríacos, franceses e ingleses que muito se digladiaram e a ocuparam, por vezes, provocando batalhas navais e outras, não menos duras e desgastantes, no campo diplomático, como a que o inglês William Fritzwilliam Owen, oficial encarregado do levantamento cartográfico da costa sudeste de África, provocou, quando nas terras da baía se instalou e assistiu, no ano da graça de 1822, à passagem dos impis, as colunas militares de Manicusse Soshangane Nhumayo, fundador do império de Gaza, e de outro chefe zulu, Zwangendaba, talando as terras dos indígenas, ante a passividade dos Portugueses, os colonizadores, fato que o levou a estabelecer tratados de vassalagem com o rei Jorge IV da Inglaterra e com os chefes locais Tembe e Maputo, que de imediato aceitaram, diante da razia dos Ngunis que viriam a estabelecer o império de Gaza.

Só anos mais tarde, e com a arbitragem do presidente francês Mac-Mahon, a fronteira sul de Moçambique teria as coordenadas hoje conhecidas, mas ao tempo os indígenas não tiveram consciência alguma da existência de tais mapas e coordenadas, jogos de gabinete, corredores diplomáticos e outros mexericos, acreditando serem donos por direito de vastas lonjuras de terra. E no meio da ilusória tranquilidade, os pretos riam-se, de gozo e compaixão, da angustiante presença dos brancos portugueses na confinada baía, do frágil presídio que pouco os defendia, dos minguados corpos avermelhados a resistirem custosamente às febres e outras indisposições provocadas pela malária, a tal febre palustre que holandeses, austríacos, franceses e ingleses não suportaram. Os Portugueses, na ânsia de manterem o império já demarcado em Sociedades de Geografia, foram, com denodado esforço, alargando, em negociações, guerras e intrigas com os chefes locais, o perímetro da sua defesa, até à atual zona da Circunvalação onde, da costa ao interior mais profundo, se abriam, em arco, cinco vias cartograficamente desenhadas, começando pela Estrada de Marracuene, passando pelo caminho para o Hulene, pelo caminho para as terras do Estado, seguindo a Estrada do Zixaxa, como os Portugueses grafavam, o caminho para o Chamanculo, e, mais a ocidente, a estrada para Lydenburg, região sul-africana, todas chamadas estradas carreteiras, por o meio de transporte se basear nas carretas, geralmente puxadas por burros e bois e homens, e, em casos excepcionais, por cavalos. E por entre as estradas carreteiras, havia lugar para centenas de caminhos de pé, mormente utilizados por pretos e alguns mestiços desprezivelmente rejeitados nas supostas casas da paternidade. Em expansão crescente pelo interior, os baneanes e chineses, não se considerando residentes das zonas periféricas, iam criando pequenas lojas e campos agrícolas, aqui femininamente chamadas machambas, que os chineses tornaram produtivas em hortícolas e especiarias, e arroz em quantidade na vasta zona pantanosa, empregando técnicas que os naturais pouco conheciam, habituados às culturas de subsistência, e a uma sofrível dieta baseada na farinha de milho, nas hortícolas, no peixe seco, e, em ocasiões especiais, na carne bovina ou caprina.

Já com a noite não bafejada pelas estrelas que as nuvens teimavam, em grandes espaços, em ocultar, Sibuko Simango, acompanhado pelas damas das cortes da memória, optou por um dos caminhos de pé, entre a via para o Chamanculo e a estrada para Zilhalha, zona pantanosa e de fraca arborização, mas de acesso fácil à palhota que pouco distava da faixa da Circunvalação. A região, composta por centenas de palhotas e dezenas de casas de madeira e zinco, era, maioritariamente, habitada por emigrantes dos distritos de Gaza e Inhambane, não abrangidos pelo recrutamento para as plantações de cana-de-açúcar de Natal e para as minas de ouro de Witwatersrand, na África do Sul, e que procuravam melhores condições de vida e trabalho no porto de Lourenço Marques, na ferrovia ligando a baía à cidade de Pretória, nos serviços camarários, na construção civil e no emprego dos quintais, como então se dizia dos empregados domésticos, trabalho de que Sibuko Simango se orgulhava, em parte por ter um patrão não dado a palavrões e bofetadas e pontapés e cuspidelas. Era comum assistir-se, em pleno dia, a pretos latagões a serem seviciados por senhoras brancas de fraca estatura física, e a outros a serem pontapeados, por tudo e por nada, nas obras de construção civil, por capatazes visivelmente etilizados ou transtornados pelo sufocante calor dos trópicos.

– Esta é a estrada para Zilhalha. Mais abaixo temos o caminho para o Chamanculo. Eu vivo entre estas duas estradas. Faço parte do Chamanculo – esclareceu Sibuko, adiantando que do outro lado fica o Bairro da Mafalala. – São zonas novas. Quando vocês saíram nada disto havia. Os pretos afastam-se e aproximam-se

da zona do branco. Queremos dinheiro. Os que não vão à África do Sul correm para aqui, ou ficam nas terras, trabalhando nas plantações e sujeitos ao imposto de palhota.
— Pagam aos brancos? — perguntou, ingenuamente, Namatuco.
— Eles é que mandam, agora.
— Gaza morreu?... E Chaimite? — insistiu Namatuco.
— Há um grande chefe branco vivendo e mandando em Gaza. Mandlakazi já não é nosso. Chaimite tem um régulo que presta contas aos Portugueses. Todos os nossos chefes de terras são nomeados pelos Portugueses.
— O que é isto, então? — perguntou Phatina, visivelmente perturbada.
— É Moçambique.
— Por quê?
— Não sei, Phatina.
— Os miúdos tinham razão — avançou Namatuco.
— Qual razão? — perguntou Sibuko
— Falaram de Moçambique durante a viagem. Dizem que aprenderam na escola.
— São mais felizes.
— Achas, Sibuko?
— Pertencem ao amanhã. Nós somos o passado.
— É — anuiu Namatuco. — Somos o passado. Somos a memória negada. Ninguém vai acreditar na nossa verdade. Esta terra está sendo construída sem o passado. Tudo o que é passado é coisa morta. Os Portugueses de hoje serão passado amanhã. Esta terra levará séculos a se encontrar porque vai negar sempre o seu passado.
— Estás a exagerar, Namatuco — ripostou Malhalha. — Ainda temos idade para viver e compreender o presente. Eu tenho o miúdo por educar. E vou transmitir-lhe o que aprendi. Tu podes

ficar com os teus espíritos e essas visões assustadoras. Eu quero estar no presente.

— Um presente que não é o teu.

— Não me importo. Eu não vou educar o Samakuva. Vou educar o Gomes.

— Todos vamos mudar de nome.

— Como?

— Na minha caderneta de indígena registraram o nome de Manuel Antunes Sigmundo Simango.

— Por quê?

— O patrão assim o quis. Chama-se Antônio Antunes. Na verdade, o nome completo é Antônio Manuel Passos Antunes. O senhor Antônio Antunes. Diz que não podemos ter nomes de pretos. Estamos a ser batizados. Os que vão adquirindo a caderneta deixam o nome de preto em casa.

— Não temos o direito de dizer que não — concluiu Namatuco.

— Se Muzamussi estivesse viva, cuspiria de raiva — imiscuiu-se Phatina. — Ela negou-se sempre a aceitar o que os padres quiseram impor. Queriam que Ngungunhane tivesse uma só esposa. Ela disse: "Ou todas ou nenhuma." E fomos para São Tomé. O nosso homem viajou só e triste. Deve ter morrido de saudades.

— Morreu?! — perguntou Sibuko. — Aqui nada mais se soube do rei. Os brancos andaram a perseguir os que teimavam em falar e aceitar o Ngungunhane. E a revolta do Maguiguane acelerou a repressão. Muitos ngunis de verdade fugiram para a África do Sul. Ficamos nós, os Mabulundlelas. Aqui e ali ainda se encontram alguns ngunis. Mas só na refeição é que se podem distinguir dos demais.

— Mas há ngunis que já comem peixe — adiantou Namatuco, com um sorriso trocista.

As outras, meio a sorrir, olharam de esguelha para a Phatina, que se limitou a dizer que já era tarde e que deviam deixar a fronteira entre o mundo dos brancos e o mundo dos pretos, ao que as outras anuíram e puseram-se em marcha, deixando Debeza, com a filha Esperança às costas, parada, por breves segundos, a olhar fixamente a estrada de carreteira a caminho de Zilhalha, recordando-se, como se fora dia anterior, dos felizes momentos em que estivera, como esposa e favorita, na corte do exilado rei Nwamatibjwana Zilhalha, vulgo Zilhalha, homem fogoso, de palavras suaves para com as mulheres, mas feroz com os súditos, como tantas vezes assistira, quando a máquina do reino não se encaixava no eixo da estabilidade, tal como acontecera após a derrota sofrida na batalha de Gwaza Muthine, o conhecido combate de Marracuene. Zilhalha não se conformou com a derrota frente às forças portuguesas comandadas pelos majores José Ribeiro Júnior e Alfredo Augusto Caldas Xavier. Alguns comandantes foram sacrificados, como forma de restaurar a ordem e a moral das tropas, já enfraquecidas com o evidente avanço dos Portugueses apetrechados de canhões e metralhadoras e apoiados pelos praças indígenas de Angola e da ilha de Moçambique. Como é que mais de quatro mil homens, adestrados em combates pelo sertão africano, foram derrotados por um insignificante grupo de brancos e pretos estrangeiros, sempre assustados com os cânticos que reboavam pelas vastas planícies das terras além-Marracuene? Como é que o som dessas armas de ferro e fogo se sobrepuseram ao sincopado ritmo dos escudos de pele sacudindo o chão e levantando a nuvem de poeira que a todos devia assustar? As interrogações repetiam-se à medida que o infernal cerco dos Portugueses se adentrava pelas terras do império, até atingir o seu centro espiritual: Chaimite. O império ruiu. E Zilhalha, vassalo assumido do imperador vátua, teve de se conformar com o exílio, procurando, ao seu jeito, adaptar-se aos novos tempos, em total contraste com o desalento do imperador Ngungunhane, que não se recomporia, oprimido pelos reduzidos espaços geográficos do seu exílio. E o mais grave no desterro do imperador foi a recusa em assumir, para lá do básico, a língua portuguesa, por a achar sem graça e sem os estalidos da língua em que o zulu era pródigo. Tornou-se homem de poucas falas, ao contrário de Zilhalha que encantou mulheres no esforço da assimilação aos costumes ocidentais.

Mas estes não eram os pensamentos a povoarem a mente de Debeza, quando fixou o olhar na estrada de carreteira em direção a Zilhalha. Os seus pensamentos detinham-se nas partes mais ocultas da memória, na culpa sentida e não partilhada, desde Lisboa até às ilhas de São Tomé e Príncipe.

Sabe-se de há séculos sem memória que as mulheres são pródigas em não revelar, até às mais chegadas, fatos muito pessoais, muito por terem a capacidade de conservar os segredos da vida no olhar, essa rara aptidão de se fazerem valer mais pelos olhos do que pela palavra que tanto traiu os homens ao longo dos séculos do domínio masculino. Nunca os homens foram capazes de penetrar nessas profundidades do olhar que as mulheres bem sabem rutilar, refulgir, como deslustrar e enturvar. Essa gramática do olhar, essa sintaxe de brilhos e embaciamentos, os homens nunca conseguiram descodificar por que se ficaram, durante os séculos da sua razão, pela palavra, a palavra dita, entoada com vivacidade e arrebatamento, com furor desmedido ou sanha assassina, ou com a indulgência dos superiores, a compassividade dos derrotados, a amiseração dos explorados. A palavra está para os homens, como o olhar, a linguagem das luzes e das sombras, para as mulheres. E Debeza soube, na sua singularidade feminina, ocultar a todas, mesmo à Oxaca que se orgulhava de tudo saber e guardar, a relação adúltera que teve com o príncipe herdeiro Godide, nos três meses e dez dias de confinamento no Forte de Monsanto, em Lisboa.

Sabia-se da fama do príncipe herdeiro Godide em fazer-se às mulheres, principalmente as mulheres a que o pai imperador pouco ligava. Sabia-se que tal inclinação não era pelas favoritas, mas pelas mais de vinte espalhadas na corte, todas carentes do afeto do rei-imperador. A elas, e no máximo dos sigilos, o príncipe herdeiro se fazia pela noite, quebrando as mais elementares regras da ética monárquica.

Os mais chegados ao rei-imperador, não tanto o restrito círculo dos conselheiros em matérias de maior premência na ordem do império, mas os que se dedicavam às lides administrativas, ao dia a dia da corte, ao diz e não diz, inclinavam-se para a desconfiança do rei-imperador ante a incontida alegria, o à-vontade das mulheres nas pequenas e grandes lides domésticas, e, acima de tudo, ao fulgurante olhar a irradiar sossego na corte com sérios problemas de ordem militar, a tirar sono ao imperador e a diminuir, para sua infelicidade, a ferocidade conjugal dos tempos primeiros. O rei pouco se dedicava à trintena de mulheres residentes na corte, e muito menos as mais de trezentas espalhadas pelo vasto império que deixaram, para o seu infortúnio, de contar com a sua fugaz presença.

O repentino fulgor, nas mais de vinte mulheres residentes na capital, causou, de fato, estranheza ao rei, levando-o a questionar o conselheiro mais próximo da razão de tal esbanjamento de risos e sorrisos, ao que este, na ânsia de agradar ao suserano, se limitou a dizer que elas dedicavam as noites a contar histórias dos tempos felizes para que a corte não se abespinhasse cada vez mais, pois sabiam que as preferidas do rei o consolavam nestes difíceis momentos de ofensiva dos Portugueses, da derrota do Nwamatibjana Zilhalha, e outros seus vassalos. "A corte precisa de alento, de um maior entusiasmo, Ngungunhane", ao que este se limitou a anuir e a sussurrar, dizendo ser tempo de maior

## As mulheres do Imperador

vigilância noturna às cubatas, porque é em momentos de crise que os vassalos tendem a transgredir as normas, imiscuindo-se em áreas interditas em tempos de paz. Estava muito longe de pensar que o seu próprio filho, o príncipe herdeiro, andasse a cavalgar, pela calada da noite, a farta e bem nutrida fauna de mulheres jovens e insatisfeitas que não só se alegravam com as surtidas noturnas do príncipe, como se encantavam com o encarecido pedido de segredo e silêncio dos devassos e lascivos atos durante os quais, a custo e apertando convulsivamente os dentes, se limitavam a estrebuchar e a contorcer-se em lúbricos movimentos de ânsia e ardor, deixando que os adúlteros sons morressem no interior do corpo.

O rei sabia-o macho pelas histórias contadas dos sucessivos e festejados galanteios às mulheres solteiras da corte. E alegrava-se de tais investidas. E nunca, na corte feliz e infeliz, se soube dos insidiosos atos do príncipe sobre as mais carentes mulheres do pai imperador. As preferidas do rei, as que com ele foram ao exílio, viam no príncipe o verdadeiro zulu, o homem de palavra, o galã como todo o guerreiro vátua, e não o depravado, o homem que cometeu o mais ignóbil dos atos humanos ao se satisfazer sexualmente com as mulheres do próprio pai, façanha proibida, interdita na cultura animista e cristã, que tratou de imortalizar tal repúdio na carta do apóstolo Paulo aos Coríntios, ao afirmar, amaldiçoando, que "agora estão dizendo que há entre vocês uma imoralidade sexual tão grande que nem mesmo os pagãos seriam capazes de praticar. Fiquei sabendo que certo homem está tendo relações com a própria madrasta! Como é que vocês podem estar tão orgulhosos? Pelo contrário, vocês deviam ficar muito tristes e expulsar do meio de vocês quem está fazendo uma coisa dessas". E já no Antigo Testamento, tal advertência viera de Moisés, no Deuteronômio, ao afirmar que "nenhum homem terá relações sexuais com nenhuma das mulheres do seu pai, pois isso desonraria a cama do seu genitor", acrescentando, em redundância de lei, ser "Maldito quem se deitar com a mulher do seu pai, profanando a cama do seu pai".

Estando eles em terras de grande cultura cristã, como é Portugal continental, não se esperava que o príncipe Godide se fizesse a uma das consortes de Zilhalha, por sinal a de parcas palavras, a que ainda tinha a vulva palpitando por entre o emaranhado do bosque a ser desbastado, e os seios vibrando de ansiedade sob o xale e a blusa. Debeza não resistiu aos encantos do príncipe, logo que serenaram da turbulenta viagem pelos oceanos Índico e Atlântico. E por entre os vãos das soturnas escadas do Forte de Monsanto, foram-se encontrando e amando-se vigorosamente, afastando, com enlevo, naqueles calorosos minutos, o frio que lhes pedia mais apertos, mais carícias, mais aconchego, mais sussurros, nos tristes e solitários espaços do circular edifício do Forte de Monsanto. O segredo ficou com o casal. Por mais que os olhos de Debeza resplandecessem por entre a névoa da cidade cinzenta, ou no brilho incomum do sol de Lisboa, ela não ousava confidenciar a ninguém os amores secretos. E o que mais a inquietou, nos três meses e dez dias de confinamento, foi o sono. Desde que se amancebara, passou a ter um medo horroroso do sono. Temia deitar-se com as outras nos catres disponíveis na camarata. Receava apanhar sono quando as outras ainda estivessem despertas. Por isso, vigiava o sono das companheiras do infortúnio, fingindo dormir nas horas de vigília. Preferia cochilar em sossego durante as manhãs, dizendo a Oxaca e às outras que se riam dos seus infantis tremores noturnos, que não se habituava às noites e muito menos à massa cilíndrica de cimento e ferro do Forte de Monsanto que as esmagava, diminuindo-as, até na liberdade de contemplarem as estrelas, como elas faziam, por entre as frestas das palhotas cónicas, lá para as terras que o mar comeu.

E todas se convenceram de que o estado insone de Debeza se devia ao frio de Lisboa que teimava em se entranhar nos ossos. Na verdade, o verdadeiro temor de Debeza estava nos sonhos. O sonho atraiçoava-a. Diferente das outras, os sonhos de Debeza revelavam-se bem altos. E ela temia que durante a noite o nome de Godide pudesse aflorar por entre gemidos de prazer.

E agora ali, vendo, ou tentando imaginar, por entre as sombras da noite, a estrada de carreteira para Zilhalha, Debeza sentia-se feliz. Conseguira, durante quinze anos, ocultar o segredo que mais lhe pesou na vida: os encontros proibidos com Godide no Forte de Monsanto.

E, no turbilhão das memórias proibidas, recordara ainda que em São Tomé, já livre dos apertos de uma vida em reclusão com as exiladas, o nome de Godide aflorava, uma e outra vez, no leito conjugal com o pai da filha. Dissera-lhe sempre, e sem temor de represálias, ser o nome por que era conhecido o monarca Zilhalha quando príncipe. O homem, de nome Frederico Espírito Santo, assumidamente são-tomense, por nada o ligar ao continente dos desterros e das contratações, não se inquietava com tais explicações, pois agradava-lhe, como simples trabalhador da roça, ter no leito dos amores a mulher de um rei africano, um rei que tivera a honra de pisar o solo pátrio dos Portugueses. E gostava que ela falasse da vida dos reis e das tais planícies e savanas, e leões e zebras e elefantes e girafas, porque a sua vida fora sempre nesse pedaço de terra que o mar teimava em não afundar.

– Guarda a ansiedade para amanhã, Debeza – disse Lhésipe. – Temos que ir. Se te demoras, ainda te perdes. Esta terra tem outra cor.

– Tens razão – e voltou aos seus silêncios.

## 7

Não era hábito do almoxarife Antônio Manuel Passos Antunes sair de casa nas noites de segunda. Muito menos às terças e quartas. Reservava esses dias da semana ao arrumo pessoal e arranjo das contas do almoxarifado que levava para casa. Mas nesta segunda aziaga, a prometer chuva que caía aos soluços, o almoxarife resolveu sair, arranjando para si a desculpa de que precisava de cigarros.

Compôs-se à maneira de sempre, calças ajustadas às botas de montar e um colete sobre a camisa azul, sua cor preferida, e fez-se à rua, dirigindo-se, como habitualmente fazia nos fins de semana, à Rua Araújo, a chamada Rua do Pecado, como ficara conhecida na *Belle Époque* do fim do século dezenove, quando veleiros de todo o mundo, atraídos pelos diamantes de Kimberley e o ouro de Witwatersrand, despejavam no cais de Lourenço Marques centenas de conquistadores de fortuna e o habitual séquito de prostitutas, seguidas por proxenetas, rufiões e batoteiros a completar a fauna que foi engrossando a rua com mais de trinta bares, e outros tantos pelas artérias perpendiculares, a lembrar os antigos *saloons* do Oeste americano com as suas portas de vaivém e as oleografias expostas nas paredes, exibindo impudicamente corpos femininos. As *barmaids* vinham das latitudes mais a norte, Inglaterra, França, Espanha e Portugal, porque às nativas, as pretas, não lhes era permitido entrar livremente no perímetro de defesa dos brancos e trabalhar na Rua do Pecado, fato que só viria a acontecer depois da Segunda Guerra Mundial, precedidas das mulatas já isentas, por nascimento, do porte da caderneta indígena. As brancas, com as suas lantejoulas ou meias coloridas com ligas,

## As mulheres do Imperador

preenchiam as noites da rua, vendendo os já usados encantos nas alfurjas das capitais europeias.

Antônio Antunes vivera parte dos áureos tempos dos finais do século. E quando os pesquisadores da fortuna foram secundados pelos grandes monopólios, a rua começou a viver o seu declínio. A imprensa local fazia eco ao banimento das *barmaids* no vizinho Transvaal, exigindo medidas enérgicas às autoridades locais. Mas escasso eco teve o clamor das poucas mulheres brancas da cidade, porque não chegavam para a encomenda, e o crescente amancebamento dos colonos com as pretas tornara-se tão visível nas mestiças em crescendo pelas ruas da urbe branca que a linha de defesa com os seus baluartes e canhões teve morte natural porque a cidade crescia para o mato, e a estrada, essa linha em macadame, essa fronteira sem baluartes e canhões, a tal faixa da Circunvalação deslocava-se para norte, comendo a zona preta, a zona indefinida, a faixa porosa, o território dominado.

Antônio Antunes frequentava habitualmente o bar Frivolity. Era um bar muito recatado. A sua clientela, maioritariamente homens de negócios, dava ao bar o recolhimento adequado aos temerosos das grandes zaragatas. O almoxarife adorava o bar porque não tinha a visibilidade ostentatória de mulheres provocando ruídos e confusões com homens embriagados e sifilíticos. Não queria nada com as mulheres. Queria sossego, e, quando muito, o jogo, a sua paixão.

Sentado ao balcão, pediu um uísque com muito gelo. O frio de Julho prestava-se à bebida, embora o vinho fosse a sua predileção. Ao longo do balcão viam-se dois clientes que ele não conhecia, provavelmente brancos do sertão que a qualquer momento se faziam à cidade para se abastecerem em mercadorias.

– Vai chover, doutor Antunes – disse o *barman*, com algum espanto.

– É preciso quebrar regras, Chico.
– Se não enferrujamos, doutor.
– É... Mas hoje chegou o navio. E calhou ser segunda.
– Dia mau para os negócios.
– É.
– Dizem que vieram umas pretas com um penteado exótico.
– São vátuas. Ngunis, como eles dizem.
– O que é isso?
– Uma tribo.
– Há tantas que a gente não se dá conta. E como são parecidos...
– Parecidos?
– Não os distingo uns dos outros.
– É mau.
– Mas o seu criado...
– O Simango.
– É. O Simango. Ele é diferente.
– É... é diferente.

E concentrou-se no copo de uísque, lembrando-se do Sibuko, o seu homem, o guarda-costas sempre presente. Sentiu a sua falta. Por detrás da altura descomunal, dos músculos a saltitarem pelo corpo, havia um negro manso, doce. Gostava que em casa ficasse de calções e sem camisa, e o servisse assim, ao natural, como os pretos gostam de estar, ao sol tórrido. É claro que durante o dia, na hora da faxina, tinha o seu uniforme. Mas ao cair do dia, na hora da recolha, devia estar de tronco nu e de calções. Os pretos não usavam roupa interior.

– Mais um duplo, ó Chico.
– É para já, doutor.

A vinda das mulheres, que se dizem próximas do Sibuko, não deverão perturbar o trabalho do homem, pensava Antunes, enquanto sorvia o uísque ao balcão do Frivolity. Em tempos recuados, o bar pertenceu a uma encantadora mulher inglesa de nome Dolly. Ela impôs uma certa compostura no estabelecimento, afastando para o interior da casa os encontros mais íntimos. No bar eram os olhares, as trocas de mimos com as *barmaids*, tudo nos limites que a moral da época impunha. E a tradição manteve-se, diferenciando o Frivolity, que nada tinha de ninharia, de outros concorridos bares, como o International Music Hall, o Standard Bar, o Echange Bar, o Americano Bar, o Sundown, o Fauvette Parisienne, o Bulawayo Café, o Bohemian Girl, e tantos outros de designação anglo-saxônica e francesa.

Lourenço Marques era cosmopolita, segundo Antunes, que pouco se preocupava com os falantes de língua inglesa que pululavam pelos bares, como homens de negócios e jornalistas, alguns trabalhando como correspondentes e outros na redação do *The Guardian*, o jornal bilíngue de maior circulação na cidade de Lourenço Marques. Havia outro jornal bilíngue, *O Africano*, escrito em português e na língua em uso na capital, o ronga, idioma cujo domínio não ia além das expressões mais hediondas. Mas *O Africano* era para os pretos e mestiços assimilados. Não atingia a maioria negra analfabeta, ou semianalfabeta, como o Sibuko, que já rebuscava o seu nome e soletrava algumas letras, ganhando sentido em certas palavras básicas. Entendia o português, o que era fundamental na relação dos dois, e o papel de intérprete de que o Antunes por vezes se socorria. As pretas não haviam de o tirar da sua casa. Aliás, o Sibuko só tinha dispensa aos sábados, altura em que se juntava aos seus, entregando-se aos encantos dos batuques que troavam, noite adentro, pelas zonas não urbanizadas.

— Passa-me dois maços de cigarros, Chico.

— Com certeza, doutor.

Bebeu de um trago o uísque que restara e pôs-se de pé, a um metro do balcão de madeira, preparando-se para sair pela porta principal do Frivolity. Ainda acenou com o chapéu ao velho pianista Juvelino, sempre sentado ao piano que o sustentava, na quina junto ao palco das bailarinas dos fins de semana. Era a memória viva da Rua Araújo. Há mais de trinta anos que cirandava pelos bares da Rua do Pecado, ao sabor dos contratos precários. Agora, vencido pela idade, resolveu assentar praça no Frivolity, o bar mais tranquilo da Rua Araújo. Sorriu para o Antunes e concentrou-se, como sempre, no teclado do piano de cauda.

A noite não se libertara ainda das nuvens anunciadoras da chuva que caía a espaços, sempre fraca. Os poucos e desconhecidos transeuntes, apressavam-se em encontrar refúgio nas cintilantes luzes dos bares sem dia de folga. Ouvia-se, pela calçada, o som da música ecoando na rua. Antunes, com a mão no bolso direito e o cigarro entre o indicador e o médio da mão esquerda, olhava sem atenção para os letreiros em inglês; às escuras, varandas alpendradas de madeira em sacadas suspensas, os fiapos de luz por entre as cortinas do Hotel Carlton, as obras de requalificação do ringue de patinagem para o que viria a ser o Teatro Varietá, a Praça 7 de Março com os estores corridos nos quiosques das quinas, os bancos vazios, e o coreto em silêncio. Um cão vadio latia no silêncio da noite. Fora da Rua Araújo, a vida encafuava-se nas casas com luzes acesas e apagadas. O cinematógrafo Salão Edison, na Rua da Lapa, já tinha as portas encerradas. Passava das vinte e duas horas. A cidade apagava-se. O silêncio adensava-se. De longe, para lá da Estrada da Circunvalação, chegavam os ecos dos batuques, e Antunes interrogava-se se não seria melhor à colônia permitir aos pretos fazerem-se à luz da noite e ocuparem os quintais e as ruas com os seus sons, os batuques e a dança? Que África queria Portugal no mapa do seu vasto império? Dos monárquicos, que bem serviu, Antunes guardava boas recordações, porque se sentira mais livre no exercício do seu ofício. Com os republicanos, e a caminho do primeiro aniversário da instauração da República, só ouvia ruídos, anarquia nas ordens, desconhecimento da realidade. Os intelectuais republicanos faziam tábua rasa dos séculos de experiência monárquica ao longo da costa africana. Os valorosos portugueses de então aproximavam-se e conviviam com os Cafres. Agora que a pacificação é uma realidade, vêm os republicanos, com a altanaria que lhes é característica, ditar ordens que morrerão na praia. África precisa de empreendedores e não de burocratas, doutores de lunetas suspensas e livros à ilharga. "Vou é deixar o almoxarifado e levar o meu Sibuko para o sertão de Gaza ou Inhambane. Que se fodam os republicanos", sussurrou ao abrir a porta de casa, enquanto observava, com certo azedume, as luzes do palácio do governador-geral, no alto da ribanceira da Ponta Vermelha.

Era já hábito do governador-geral passar o serão na varanda do primeiro andar do Palácio da Ponta Vermelha. Gozava da vista de toda a largura da baía de Lourenço Marques. As deslumbrantes noites estreladas deixavam-no extasiado. E quando a lua cheia banhava a baía, abrindo sulcos de luz sobre as tépidas águas do mar e dos rios em comunhão na foz, o governador desligava-se da metrópole republicana, e reconciliava-se com a secular história lusitana, lembrando, com pontinhas de lágrimas nos olhos, o canto elogioso do poeta aos "reis que foram dilatando/ A Fé, o Império, e as terras viciosas/ De África e de Ásia andaram devastando;/ E aqueles que por obras valerosas/ Se vão da lei da Morte libertando".

Ficava por horas na espaçosa varanda do palácio, pensando e observando a Baixa da cidade, o ponto de partida da ocupação, o núcleo de batalhas perdidas e vencidas, de assimilações assumidas e rejeitadas, de luzes das fogueiras libertando-se da noite, por esse sertão desconhecido que teimava em não conhecer porque no fundo temia esse mundo de que os seus teimaram, por séculos, em aproximar-se, trafegando mercadorias e homens, amancebando-se como só os Portugueses sabem fazer, e, alguns, aculturando-se ao modo de vida dos Gentios, rejeitando os valores judaico-cristãos porque o tantã, esse vibrante e ensurdecedor som a acompanhar cânticos, a revolutear corpos e mentes, entrara pelas veias dos brancos nados e criados nos gélidos e solitários Invernos da metrópole chuvosa e lamacenta. Não era homem para essas aventuras. Os livros, o saber que não chegou a muitos seus, salvaram-no dos ímpetos, do arrebatamento dos trópicos, do fatal abraço da devassidão. Sabia, e por lá passou ao abrigo do dia, da Rua Araújo. Era a zona franca da cidade, a albergaria dos sonhos comprados, o espaço de adormecimento dos valores. A Rua Araújo era importante para o sequioso explorador do sertão que vinha à cidade reencontrar-se com a civilização, dormindo com a branca ausente do mato, ou para os marinheiros necessitando de se afogar em terra, esquecendo a dureza dos mares da solidão, ou para os operários das dezenas de oficinas ao longo das estações e apeadeiros da linha férrea ligando Lourenço Marques à região mineira do Transvaal.

Como em todas as pequenas cidades, pródigas na indiscrição, a preocupação com a legalidade dos atos, a ruína do negociante Fulano, a tragédia conjugal do Sicrano, o suicídio daquele, o exagero na cerveja e no champanhe, o fumo do tabaco a transbordar pelos passeios, fazendo perigar a saúde do pacato cidadão, eram notícia na pequena imprensa e no falatório do fim da tarde nos quiosques da Praça 7 de Março. Nos lares as mulheres choravam a penúria, e a desonra dos maridos afeiçoados às gueixas de sorriso sedutor. Aqui, e ao contrário das grandes urbes onde a imoralidade tem rua própria e recato em edifícios apropriados e assinalados, vive-se paredes meias com a sordidez.

Sorte é a cidade crescer para o alto e em direção ao interior, conquistando os pântanos e ampliando a Estrada da Circunvalação, a fronteira entre o branco e o preto, entre a civilização que se quer alargada ao bárbaro e inqualificável e vicioso mundo dos pretos. A chegada das pretas já pouco o inquietava. Sentia-se reconfortado, quando à memória emergiam os rostos sem esperança das mulheres daquele que diziam ter sido o "Leão de Gaza", o grande monarca do Centro e do Sul da colônia de Moçambique, o cruel tirano vátua, como escrevera o assimilado jornalista Albasine. Os rostos sem expressão das pretas cansadas do exílio, e varridas da memória popular, davam certo sossego ao governador. O que o preocupava, no alto da varanda do palácio, era o destino da colônia. Que fazer com essa imensidão de terras e gentes?

A monarquia ficara-se pelas bordas, pelo contato, pelo tráfego de mercadorias e pessoas, pelo respeito e certo temor às imprevisíveis manifestações de fúria das autoridades locais. O império media-se pela frágil linha da costa e algumas feitorias no sertão adentro. E agora que as fronteiras projetadas correspondiam ao espaço real, tornava-se urgente a montagem de uma administração à dimensão do território, e pensar-se no futuro da colônia a crescer a várias velocidades.

Em correspondência recente, dissera a um amigo que África continuava a ser um mistério. "Os encantos ficam-se pelo olhar deslumbrado com tanta e variada cor na fauna e flora. Para lá do olhar resignado, da dor contida, vejo nos pretos o adiamento da vingança. Não perdoarão o aviltamento a que estão sujeitos. Ao déspota Ngungunhane ousaram achincalhar na hora da partida para o exílio, condenando-o ao esquecimento, prática comum nas comunidades indígenas quando condenam um feiticeiro a afastar-se da comunidade e a apagar, por gerações, todos os sinais da sua existência. Foram eles, e não nós, filhos da racionalidade, que decretaram o esquecimento como elemento fundamental da vindicação. O que dói, de fato, é o esquecimento. Eles vingam-se dessa forma. Diria, até, que no direito penal dos indígenas a maior pena é o esquecimento, o olvido, o limbo. Que farão de nós? Nós edificamos, governador. Temos a memória impregnada nas paredes de pedra, nas calçadas resistindo ao anonimato dos nossos passos, na toponímia eternizando os valorosos e insignes cidadãos da pátria e do mundo. O nosso fado é ficar, é enraizarmo-nos em cada pedaço que conquistamos. Essa é a utopia do metropolitano, daquele que, do Terreiro do Paço, imagina as naus, hoje navios, a ancorar em terras e a edificar, espalhando a fé. Pura ilusão. A cidade que ora me acolhe só há pouco se desenvencilhou do chamado presídio, espaço fortificado e defensivo dos colonos a possíveis ataques dos nativos, e ainda está no cimo da encosta. Foram mais de quarenta anos lutando contra os nativos, o pântano e a malária. E quantos quilômetros a cidade conquistou? É só percorrer a distância do Marquês do Pombal aos Restauradores. Do cimo da inclinada ribanceira, só se veem, na lonjura do espaço, terras e terras por desbastar. Os colonos, que vão assentando cantinas e terras agrícolas pelo interior, dizem-se desolados com a solidão. Aqui e ali, erguem-se palhotas. Mas não formam vilas, nem cidades. Têm trilhos próprios, glebas emergindo do nada, casas renováveis após a estação das chuvas. No mais é o silêncio da savana, os murmúrios da floresta, o medo das serpentes, o temor dos hipopótamos invadindo terras cultivadas, o receio dos felinos pela madrugada, o terror das baratas, aranhas e escorpiões assomando pelos inesperados cantos da casa. Não há como negar a reconfortante companhia das negras conhecedoras das regras do mato, dos interditos a não quebrar. Mas essa companhia não os afasta da pátria, da saudade dos seus. Há, é óbvio, desertores, os que se afastam do nosso convívio e se encantam com o modo de ser e estar dos indígenas. São casos de estudo. E a maioria procura, a espaços, a cidade do conforto e o seio branco e a fruta da terra distante. O importante, governador amigo, é conquistar essas almas, trazê-las à luz, convertê-las. O nosso destino é cristianizar... Sabe que não perfilho de todo dos ideais cristãos. O abraço à laicidade, nas práticas públicas, tem-me levado a olhar com certa cautela para as seculares regras cristãs. O direito canônico não é o meu forte. Sem eles, caro governador, nunca teremos os indígenas conosco. Mais do que as armas, a expansão da fé permite-nos conviver pacificamente com os indígenas e amansá-los. A Igreja, pesem os excessos, terá sempre um papel a desempenhar... Não discordo de todo. O que me inquieta é a África dos relatórios, a África idealizada, sonhada, que chega ao palácio das decisões. Há a outra África, a mais enigmática, a mais silenciosa. Essa, meu caro amigo, não sei se a podemos domesticar... Para cada branco que nasce nestas terras, há cem pretos gatinhando. Não declino, de todo, a fé, a presença de igrejas pelas colônias. Mas pugno pela escolarização, e alguma massificação do ensino básico. A fé, subjetiva que é, não é mensurável, não a podemos aquilatar. Em cada centena de pretos assistindo ao culto cristão, mais de metade entra pela floresta adentro e pratica cultos pagãos. Estão enraizados na cultura que os liga mais à terra que aos céus. Os seus deuses têm a ver com as culturas terrenas. Eles invocam os espíritos que os protegem das maleitas terrenas. Pouco se preocupam com os cenários celestiais, os anjos e arcanjos e querubins e serafins. A pele cristã é para a ocasião, é o sim não assumido, é deixar o branco convencido das boas intenções do preto, da assunção dos princípios cristãos. É uma farsa. Não se fie nessa, amigo. Eles nunca se desligarão dos princípios que os nortearam por séculos sem memória. É preciso que tenhamos consciência disso. E a única forma de os termos próximos é dar-lhes educação, permitir que balancem os seus valores pelos nossos. Só assim os teremos mais próximos. Enterrar a cultura pagã é utopia. Devia cá estar e ouvir, pela noite, o som ribombando do sertão adentro, tudo em comunhão perfeita entre os homens e a natureza. Eles não domesticam a natureza, convivem com ela, e respeitam-se mutuamente nos espaços definidos, nos marcos invioláveis. Quando me contam que ao troar de uma trompeta, ou ao toque sincopado de batuques, as pessoas emergem, às centenas, da intricada floresta, como se saíssem do nada, e se reúnem, por entre cânticos e danças, em terreiros de desconhecida geografia, mais me entranho na ideia de que outros valores, quiçá nobres, os mancomunam mais à natureza que a nós, sabichões do nada, que os desprezamos por não compreendermos que o mundo que clamamos como descobridores se ergue e sustenta na diferença... Não estou no terreno, governador. E em matéria de mando e outros quesitos, não me dou como especialista. Guio-me pelas informações e relatos dos que em colônias por esse mundo fora tiveram experiências vertidas em livros ou em palestras. É provável que você, douto professor, esteja anotando particularidades de que os outros, provavelmente menos qualificados, não se aperceberam. As culturas ágrafas, caro governador, exigem um olhar atento, um ouvido apurado, e um tato incomum. Você tem a vantagem de estar por perto e poder encomendar versões que bem entender. A pergunta que teima em emergir é se a sua visão servirá para alguma coisa à administração das novas terras do vasto império. Não sei. Talvez ganhe algo no domínio da doutrina. Estou ciente do pouco que darei à administração do território. E até pressinto que não terei mais que um ano no governo da colônia. Os que me precederam não foram além de dois ou três anos. O que pensamos jamais se sobreporá aos comandos administrativos. Quer-se que as colônias sirvam de fonte primária, de alimento às crescentes necessidades do Ocidente. Quer-se que os pretos trabalhem como mulas. E o chicote a silvar, o indicador do progresso. A riqueza não se compadece com especulações teóricas. O que a metrópole determina, a colônia executa... Não, não, não sou pelas igualdades que alguns clamam por aí. Sou por um espaço mais humano. Exaspera-me a forma como tiramos os indígenas da sua zona de conforto, da sua zona de eleição, e os remetemos, em horários convencionados ou em épocas sazonais, ao nosso mundo, ao mundo que queremos erguer. Não respeitamos as particularidades. Queremo-los como grupos indistintos, uma manada de gado, simples objetos. Pessoas como Mouzinho de Albuquerque ou Antônio Enes tiveram fibra para isto. Souberam, ao tempo, e acima de qualquer sentimentalismo, definir as regras de jogo. Nós, defensores de princípios republicanos, ainda andamos à deriva, criando e descriando normas. A realidade da colônia pende ainda para as práticas monárquicas. E nós, declarados inimigos da monarquia, queremos, apressadamente, uma nova narrativa para um mundo sujeito, há mais de três séculos, a regras monárquicas. Não estamos ainda afinados... Ah, a ferrovia... Vamos a tempo de a inaugurar por ocasião do primeiro aniversário da República. É a minha bandeira. O grande obstáculo são os tipos da companhia elétrica controlada pelos Ingleses. Esses fulanos gozam de uma enorme influência nos corredores diplomáticos de Lisboa. Na verdade, por estas áfricas, quem tem o comando são os Ingleses. Os seus interesses econômicos sobrepõem-se, por vezes, e não poucas, aos projetos nacionais. Aliás, se não tivéssemos indivíduos perspicazes como o alto-comissário régio Antônio Enes, a ocupação do império de Gaza teria outros contornos. Os Ingleses estão sempre à espreita. Outro interesse está na escola comercial. Precisamos de arejar as nossas contas. Os almoxarifados terão que dar espaço a outras contabilidades..."

Apesar de escassa, a troca epistolar era um grande lenitivo para o governador, que não encontrava interlocutores à altura dos seus devaneios intelectuais. Sentia-se isolado, longe das tertúlias lisboetas, dos acesos debates, da produção do conhecimento. Não fora feito para a governação de colônias, estar com a realidade à mão, decidir matérias que exigiam pragmatismo, intuição imediata, decisões arrojadas. A sua satisfação, nos curtos meses de governação, era o de poder inaugurar a Escola Prática Comercial e Industrial 5 de outubro. O seu sonho! As colônias precisavam de projetos virados para o futuro e não para o saque imediato, a litigância de conflitos domésticos, assim pensava, alinhando pela Constituição da República que preconizava a descentralização e o estabelecimento de leis especiais consentâneas com o estado de civilização de cada colônia.

Gozando do estatuto de alto-comissário que lhe atribuía suprema autoridade militar e o gozo de honras que competiam aos ministros da República, pouco fez para a mudança da realidade, pois era de opinião que a descentralização teria de encontrar eco na realidade local, nos recursos indígenas. E a demanda para tal não se faria em meses. No fundo, e disso tinha consciência, não se achava à altura dos voos ultramarinos. O seu fado estava grafado em outros patamares. E, ao tempo da história, o doutor Azevedo e Silva não imaginava que em breves oito meses seria exonerado das funções de governador, assumindo, como era do seu gosto, nas lides judiciais, a função de procurador-geral da República, em substituição de Manuel de Arriaga, homem de sua estima no clã republicano, então elevado ao cargo de Presidente da República de Portugal. Manter-se-ia no posto até ao advento do Estado Novo, período negro da história portuguesa e das suas colônias.

Mas nessa noite fria dos trópicos, por sinal a última de Julho, e antes de recolher aos aposentos onde o aguardava a mulher, a senhora dona Maria Vaz Monteiro de Azevedo e Silva, o doutor teve ainda tempo de pensar no destino das mulheres do Ngungunhane, perguntando-se, com uma imperceptível mágoa, sobre quem as abrigaria por esses dias de esquecimento a que estavam votadas na própria terra, no chão em que foram senhoras e rainhas respeitadas. Será que dormiriam ao relento, contando as estrelas que escasseavam no céu encoberto? Alguém as protegeria, adiantou, tentando reconfortar-se. Mas quem?

Nos derradeiros meses da sua vida de reformado, o ex-procurador anotaria, com assumido dissabor, no diário íntimo da sua rica memória, que a ida a Moçambique tivera, afinal, no seu destino, entre outros propósitos, o de assistir à invulgar chegada das mulheres que nunca deviam ter saído do seu próprio chão, da terra natal. E pouco ou nada fizera para acomodar e tranquilizar as inquietas almas, visivelmente deslocadas no tempo e no espaço. E tudo por preconceitos e ideologias...

# 8

No centro de um quintal de caniço estava a casa principal de um só cômodo, do Sibuko Simango. Nos cantos traseiros erguiam-se, à direita, uma palhota cônica a servir de cozinha, e, à esquerda, e sem teto, um entrançado de caniço servindo de latrina e serviço de banho. Era um terreno de médias dimensões, delimitado pelos usuários e sem o aval da Câmara Municipal que não chegava à zona dos pretos em matéria de arruamentos e drenagem. As casas, de precária solidez, iam-se erguendo à medida que a cidade se tornava um chamariz para os que fugiam do chibalo e do imposto de palhota. Nasciam os subúrbios da cidade de Maputo, com a sua carga de miséria e alienação. Proibidas de trafegar no círculo restrito dos brancos, baneanes, chineses e árabes, as prostitutas pretas e mestiças contentavam-se com chamar os clientes brancos às suas cubatas. O dinheiro dos pretos não chegava ainda para a encomenda. Pequenos lupanares iam crescendo e rivalizando entre os bairros do Chamanculo e da Mafalala. O negócio florescia e prometia, ante o desencanto de gerações com outros hábitos.

Sendo ainda noite, as mulheres do imperador não puderam observar essa outra cidade que crescia à margem da cidade proibida, da zona de reclusão. Viam, aqui e ali, pequenas luzes de lamparinas e fogueiras caseiras florescendo como pirilampos em estado de priapismo. Nem na capital do império, em Mandlakazi, havia tanta luz noturna como neste subúrbio. O mundo mudara, assim pensava Pathina quando se preparava para cozinhar o que Sibuko lhes ofertara: farinha de milho, uma galinha de criação caseira, sal, água e óleo de mafurra, a tal árvore que os cientistas designam de *Trichilia emetica*. O óleo que dela se extrai, aqui chamado de munhantsi, é de muito uso na etnia chope, tribo arqui-inimiga do império de Gaza. Diz-se que aquando da ascensão de Ngungunhane ao poder, uma das medidas do rei-imperador fora a de decretar, em terras dos seus súditos, o não emprego do munhantsi na cozedura de alimentos, por se tratar de um produto do inimigo, avançando com a perniciosa ideia de o óleo vir já envenenado da terra dos Chopes. Esses homens, dizia, que sempre perderam em confronto direto com os Ngunis, inventaram esta torpe e assassina artimanha de exportar a morte por via do óleo alimentar. "É coisa de cobardes, gente sem fibra, sem garra, sem personalidade! Por isso, servos do meu império, não vos é permitido o uso doméstico e público do munhantsi e seus sucedâneos. Que nos baste o óleo de amendoim que muita saúde traz", terá assim sentenciado o rei-imperador. Mas na corte restrita, principalmente nos aposentos de Pathina, o rei fazia uso indiscriminado do munhantsi, regalando-se com a galinha assada e condimentada com o óleo do inimigo. Já o xibée, designação da parte excedentária do óleo de mafurra que secava, formando pequenas bolas de grande prestação aos viandantes, ou de uso em épocas de prolongadas secas, não era do agrado do rei-imperador, por o achar amargo e indigno de ser servido à mesa real. Estes e outros pensamentos vinham à memória de Pathina enquanto confeccionava o alimento, ante o mutismo de Malhalha e Lhésipe, e o redondo "não" de Namatuco.

– Sabes que não podemos nos servir desse óleo, Phatina – insistiu Namatuco.

– Já violamos tantas regras, Namatuco... Agora não temos rei e nem terra a nosso mando.

– Mas temos princípios.

– Que se afastam do estômago. Se queres morrer à fome, é contigo.

– Comerei a farinha.

– Posso colher a verdura que cresce no quintal.

– É cacana?

– É.

E era a verdura de uso frequente na dieta alimentar dos indígenas do Sul de Moçambique. É uma planta trepadeira, cujas folhas e frutos são comestíveis, servindo também para fins medicinais, e com o nome científico de *Momordica balsamina*. E Sibuko tinha a planta crescendo espontaneamente no seu quintal, à sombra do canhoeiro, árvore de inestimável valor simbólico nos rituais mágico-religiosos dos Ngunis.

– Dás trabalho desnecessário ao nosso hospedeiro, Namatuco – disse Lhésipe.

— É preferível dar esse trabalho ao Sibuko que cometer essas heresias que vocês trazem de São Tomé. Aquela ilha turvou-vos a cabeça. Vocês não são as mesmas. E isso por culpa de Phatina.

— Não atires as pedras à minha pessoa. Todas somos responsáveis pelos nossos atos. Tenho segredos do nosso marido rei que não os torno públicos. Vocês também carregam os vossos pecados. Não me venhas com essa de eu ser a responsável e tu a mais pura das mulheres do rei defunto.

— Os teus sabores levam-nos ao pecado.

— A comida não nos deve segregar. Comemos a batata e a carne de cavalo com os Portugueses. Tivemos a matabala e os peixes e o calulu em São Tomé. Querias que em terra cercada de água comêssemos o quê?

— Eu estou aqui e não comi peixe.

— Nós também estamos aqui. E comemos peixe.

— Não serão felizes.

— É o que dizes. E não nos assustes com as tuas previsões.

— Não sou eu, Phatina. São os espíritos que se apossam do meu corpo, anunciando os tempos novos.

— O que nos farão?

— Não sei. Eu só transmito.

— E as tuas ervas?

— Não curam o futuro.

— Nós já não temos futuro.

— É verdade — intrometeu-se Lhésipe. — Que futuro temos nós? Vejam quem nos recebe, nós que fomos as temidas rainhas de um império sem conta? Que dignidade nos resta, Namatuco?

— A de honrarmos a nossa tradição, os nossos valores.

— Ngungunhane honrou?

— O que é que queres dizer?

– Quando nos leram a notícia da morte, ele era Reinaldo Frederico Gungunhana.
– Obrigaram-no a assumir o nome.
– E a mudar de postura.
– Por fora, acredito eu. O Ngungunhane que conhecemos morreu fiel aos seus princípios.
– Não dá para falarmos de mortos à noite – rematou Phatina. E voltaram ao silêncio do costume. As crianças, cansadas e espantadas com a viagem de mais de cinquenta dias, dormiam, serenamente, na casa principal. O cansaço espantara a fome.
– A casa não é grande e nem está à altura de vocês. Mas é o que vos posso oferecer – disse Sibuko, interrompendo o silêncio que pairava durante a refeição com óleo de munhantsi para a maioria, e a verdura de cacana para Namatuco. Lhésipe e Malhalha não se sentiam confortáveis à refeição por temerem que a terra das suas tradições as pudesse reprimir. Phatina mantinha-se igual a si própria: serena e distante dos pequenos interditos. Debeza só pensava na possibilidade que já se tornava real de as faculdades premonitórias de Namatuco poderem vir ao de cima ao raiar do dia. Oxaca matutava sobre a possibilidade de se fixar nos subúrbios em crescimento. É outra cidade, outra realidade. Ninguém a conhecia, não tinha filhos, e ainda se sentia mulher para as aventuras de alcova. Quem sabe se Sibuko não a acolheria, naquele espaço onde a mão feminina poderia dar um toque mais humano e acolhedor.

Jovem e atlético, Sibuko despertara também as atenções de Debeza, mas recuara logo de tal aventura ao sentir o fulminante olhar de Oxaca. Fora sempre assim Oxaca: chamando a atenção com o olhar e não com palavras. Apesar de não serem muito próximas, Oxaca advertia-lhe, em círculos de conversa, da inoportunidade de ela expressar a sua opinião. Ficava-se sempre pelas margens, deixando Oxaca comandar à sua maneira as idiossincrasias das mulheres do exílio. Ela sabia, apesar de jovem, chamar a atenção das outras com o seu dissimulado silêncio, os gestos persuasivos, e o sorriso de guardadora de segredos. Alta e esbelta, Oxaca dava-se, a seu modo, com as mulheres do imperador Ngungunhane, excetuando Namatuco que pouco ligava às mulheres de Zilhalha, por as considerar súditas do império que ainda teimava em manter-se na sua mente. Oxaca pouco se preocupou com Namatuco, e nunca a ela se dirigiu pedindo-lhe mezinhas para as suas dores e outras mazelas do corpo. Preferia outras botânicas, a quem confessava os seus segredos. Esse distanciamento, o não respeito à matriarca dos costumes nguni, criou o azedume, a velada acrimónia entre as duas. Namatuco não conseguia entrar na alma de Oxaca, e, por outro lado, a altura dela, seu quase metro e oitenta, não a deixava à vontade. Oxaca era mulher da costa, filha do clã dos Nhaca, das terras de Macaneta, zona que os Ngunis detestavam pela obrigatoriedade de atravessar, prática incomum nos Vátuas, o rio Incomati. Por outro lado, e decorrente da cultura da costa, Oxaca atraía as amizades, não se esforçava em pedi-las. Namatuco sentia-se inferiorizada com esse despretensiosismo. E a reforçar a acetosidade de Namatuco estava a tez clara de Oxaca, esse tom de pele característico da etnia chope, os grandes inimigos do império de Gaza. Oxaca não só era altiva e graciosa e insubordinada, como também trazia-lhe à mente a cor do inimigo, aquela tez clara, quase macilenta, diferente do tom escuro, negro, imponente dos Ngunis, que bem se dissimulavam com a noite, a noite de Namatuco.

 O natural sorriso de Oxaca retirava-lhe as palavras. Não precisava de falar, dialogar. Fora feita para ouvir. E poucos lhe perguntavam sobre a sua vida. Queriam-na como depositária dos seus segredos. Não lhes interessava o que ela fazia no dia a dia, os seus amores, as suas angústias, os seus medos. Oxaca existia para as outras. E ela gostava desse papel. Daí imaginar-se a ficar na cidade preta que crescia. Na cidade onde ninguém a conhecia. Alegrava-a esse estatuto de desconhecida, de alguém sem passado registrado, de alguém que pudesse reconstruir a sua memória, convocar os fantasmas que lhe agradavam, construir, a seu gesto, a história que lhe interessava. O regresso à terra natal, à zona dos Nhaca, estava fora de questão. E de fora também estava o regresso à terra dos Zilhalha, o reino que já imaginava esfarelado, sem norte, com autoridades tradicionais alinhadas com o regime do dia. Não queria viver de passados, de recontar, sem parar, a sua trajetória, de ficar debaixo de um cajueiro ou canhoeiro, a contar o que viveu em terras portuguesas e outras que a geografia dos pretos não assimilados não podia imaginar. Não se via no rosto de viúva ou separada do homem que amou à medida da história de ambos. Queria ser ela, começar nova vida, abrir outros rumos, ter um homem só para ela, e não seguir o rumo da Pambane que quis dividir o seu Antônio Fortunato com a outra da cidade, e ela no campo, contentando-se com as ocasionais visitas do homem à pequena machamba de sua subsistência. Oxaca não queria ficar no interior profundo. Queria estar na cidade preta, exercitando o seu português, dar-se com a gente local e de outros quadrantes que chegava em levas crescentes. Queria arrumar um homem para a vida, ainda longa, que lhe restava. Talvez o Sibuko lhe servisse. Tinham quase a mesma altura. E isso era importante para ela, pois não se dava bem com os baixinhos. Queria homens altos. E teve-os em São Tomé, terra de cruzamentos e mestiçagens. Mas essa é outra história.

– Não te preocupes, Sibuko – disse Phatina –, nós estamos bem.

– Eu agradeço a vossa amabilidade. Mas tenho uma notícia que não vos irá agradar.

— Já tivemos tantas desagradáveis que mais uma não irá alterar em nada a nossa vida.
— Esta é bem pior.
— Bate as tripas, homem.
— Os espíritos nguni andam revoltados por estas bandas.
— Como?
— De há cinco anos para cá que as mulheres changanas e rongas não têm tido o sono em tranquilidade.
— E o que é que nós temos a ver com isso?
— Esperem — disse Namatuco, levantando a mão direita. — Disseste há cinco anos?
— Por aí.
— Foi quando morreu Ngungunhane
— E o que é que isso tem?
— Vou explicar. Vocês sabem, melhor do que eu, que os espíritos nguni quando se revoltam é um problema sério.
— Estás a deixar-nos impacientes.
— As mulheres destas terras andam a ser estupradas pelos espíritos nguni. É o que dizem os mais respeitados curandeiros da zona. E já andam nisto, como disse, há uns bons anos.

Silêncio. As pequenas achas de lenha provocaram estalidos no lume reativado. As mulheres entreolhavam-se sem dizer palavra, sem mexer músculos do rosto e dos membros, tanto superiores como inferiores, todos quedos, pois elas sabiam quão nefasto era o espírito nguni quando solto e em fúria. Ngungunhane não queria deixar em paz as terras do seu império desmembrado, retalhado em distritos e circunscrições e com régulos e sipaios fardados ao gosto da vestimenta colonial, dirigindo as populações e exigindo o imposto de palhota, cujo não cumprimento dava direito ao trabalho forçado em plantações e outros serviços públicos que o Estado colonial se dava ao esforço de empreender para o grande desenvolvimento e civilização dos indígenas. Estes viam-se agora molestados por espíritos intrusivos que não pediam licença, para se entranharem, com fúria sexual, por entre as coxas dormentes das mulheres, que se revolviam nas esteiras, meneando, como histéricas, em ritmo desconjuntado, as coxas e as ancas e os braços e as mãos, enquanto mugiam, rugiam, silvavam, e crocitavam, tal como os animais da savana. Os maridos, incrédulos e impotentes perante o devastador cenário a que se viam obrigados a assistir, madrugada adentro, engoliam a vergonha, pois não tinham coragem de dizer ao vizinho ou amigo que se viam forçados a partilhar a mulher com os espíritos invasivos, destruidores de lares. O vizinho ficaria a pensar no desempenho sexual do confidente, achando a história pouco convincente, porque eram sempre de opinião que tais espíritos só entravam em lares de fraco empenho em matéria de alcova e com evidentes desavenças conjugais. "Não é a qualquer homem que tal vergonha chega, é preciso ser fraco com as coisas", diziam, para si, em monólogos controlados. E quando as mulheres trocaram, em grupo, as suas confidências, chegando à conclusão não se tratar deste ou daquele lar, mas de algo endêmico, malévolo, quase doentio, que tocava os subúrbios e outras aldeias distantes, os homens despertaram do confrangedor mutismo e puseram-se a delinear estratégias que pouco efeito surtiram com os pós e pauzinhos e exorcismos dos curandeiros da zona. Convencidos da inutilidade das suas receitas, os curandeiros, em defesa da sua classe e especialidade, exortaram os homens a convocarem outros curandeiros, os especialistas em tais matérias, os conhecidos curandeiros residentes a norte do rio Save, nas zonas habitadas pela etnia ndau, especialistas em convocar os espíritos mais difíceis, e a fazerem as abluções necessárias à limpeza dos corpos maculados pelos espíritos nguni que eles bem conheciam de confrontos antigos e recentes no mundo espiritual. Na liturgia dos exorcismos a língua ndau ocupava um lugar cimeiro, daí o respeito por essa etnia que se entrecruzou, no mundo mágico-religioso, com os Ngunis.

– Continuam a detestar-nos – disse Phatina, cortando o silêncio que ainda imperava.

– Mais que detestar, está o temor. Eles têm um medo de morte dos espíritos nguni – ripostou Sibuko, mais aliviado.

– Querem-nos longe daqui – avançou Namatuco.

– O perigo não são os brancos, somos nós – retrucou Phatina. – Eles ainda sentem o peso dos Ngunis.

– A força dos nossos espíritos, do nosso comando para além da morte! – sentenciou Namatuco.

– E qual a razão de chegarem até aos Rongas? – questionou Phatina.

– Porque foram os mais infiéis, Phatina – adiantou Namatuco. – Eles sempre pegaram o pé do branco, conviveram com eles, ofertaram-lhes mulheres e víveres.

– Não exageres, Namatuco. Há outros que resistiram. Não fomos ao exílio com Zilhalha, e estas mulheres, Oxaca, Dcbeza e Pambane?

– Mas mantêm a infidelidade no espírito, Phatina.

– Continuas azeda, mulher.

– Mas fiel aos meus princípios.

– E uma estaca carcomida não constrói uma palhota.

– Mas pode sustentá-la.

– Árvore velha não se endireita mesmo. Continuas a mesma de sempre, Namatuco.

– E a caminho de Chaimite, a nossa terra sagrada. Por lá ficarei, cuidando das tumbas dos nossos ancestrais. Por isso não te preocupes, Sibuko. Nós não somos daqui – e levantou-se, caminhando em direção à porta de caniço. Queria estar só com a noite já adiantada. As outras ficaram em redor do lume que as aquecia na noite fria dos trópicos.

— A história de Sibuko transtornou-a — adiantou Malhalha.

— É possível — anuiu Phatina. — Ela tem por vezes esses maus humores. Mas no fundo é boa pessoa.

— Todas somos.

— De ti, não sei, Malhalha — e sorriu para Oxaca e Debeza que continuavam atentas e caladas. — Vocês já conhecem Namatuco. Vai passar. Ela está ansiosa.

— É verdade o que dizem? — perguntou, meio indecisa, Debeza.

— O quê, Debeza? — questionou Phatina

— Que ela fala com a terra, com os espíritos?

— É verdade. Os espíritos entram pelos pés e vão lhe dando notícias.

— Que força!

— Não é para todos, Debeza — adiantou Lhésipe, tentando entrar na conversa depois da retirada de Namatuco.

Sentiam-se à vontade com Phatina, apesar do seu olhar de serpente que afastava os homens. Sentiam-se protegidas ao lado dela. Infundia-lhes segurança quando afirmava que a culinária cura todos os males. "Devíamos todos passar pela cozinha. A arte de cozinhar não devia ser privilégio de poucos. Todos devemos balançar os sabores, sopesá-los, e dar o toque que queremos aos pratos da nossa vida. Comer deve ser uma alegria e não necessidade", dizia, sorrindo, quando via rostos satisfeitos com o prato confeccionado com poucos ingredientes. E quando saíram de São Tomé foi a única que chorou de verdade pela terra. Amou São Tomé, terra de todas as dádivas. Não se meteu com homens, mas sim com a terra e os seus sabores. E disse, no meio do choro, que se pudesse voltar a nascer, quereria São Tomé

como o chão primeiro, a terra mãe. Ela dá tudo: a água, a verdura e o sorriso das pedras. É, as pedras sorriem. Nunca estão tristes.
– Vamos dormir, meninas – sentenciou Phatina.
– Eu ficarei à porta – disse Sibuko.
– Não precisas. Podes ficar na tua cozinha.
– Namatuco manifestou a intenção de dormir na cozinha.
– Fica com ela. Por estes dias ela só cochila. Está ansiosa.
– Está bem. O quarto não é grande coisa.
– Já vimos. E obrigada.
– É provável que amanhã cedo não me encontrem aqui. Madrugo para o serviço. O patrão Antunes quer-me antes da morte das estrelas.
– Os brancos deixam-te andar pelas ruas deles?
– Tenho a caderneta.
– Ah... Nós vamos ouvir Namatuco. E se partirmos, deixaremos Oxaca e Debeza que são de cá. Pertencem a Zilhalha.
– Sei disso. Mas irei, ainda hoje, criar condições para que homens de confiança vos façam chegar às terras de Gaza. Eles conhecem os caminhos mais seguros.
– Vais sair?
– Sim! Tenho que deixar água suficiente e mantimentos para cinco a seis dias. Costumo vir aos sábados ou domingos de manhã. São os dias que tenho de folga. Mas tenho amigos por aí. O Mugoda, o homem que me alertou sobre a vossa chegada, fará os contatos antes de ir às linhas de ferro.
– Há comboios por aqui?
– Em quantidade.
– Nós tínhamos uma linha na Roça Água-Izé. É um transporte que não enjoa.
– Nunca senti isso.
– É preciso viajar de navio, Sibuko.

— Só ando a pé. De vez em quando vou de elétrico na zona reservada aos pretos.
— É outra vida, Sibuko... Boa noite.
— Boa noite.

Phatina levantou-se, sacudiu a saia larga e endireitou, na largura do peito, o xale de anos. As outras, Malhalha, Lhésipe, Oxaca e Debeza, fizeram o mesmo, e saíram da palhota cilíndrica rebocada a barro. Poucas eram as casas de madeira e zinco que floresciam nos subúrbios, à entrada da segunda década do século vinte. A maioria era de caniço e a fazer jus a designação de bairros de caniços.

Com os rendimentos de empregado doméstico, Sibuko estava na esfera dos suburbanos privilegiados. O pequeno pecúlio do trabalho nos quintais permitia-lhe cobrir, a espaços, a casa principal, com zinco reformado das lojas dos cantineiros baneanes, ter cinco a seis cadeiras usadas sem braços, uma pequena mesa, esteiras à altura das necessidades, panelas, pratos, colheres, garfos e copos de alumínio, mantas e outros objetos de uso caseiro. Permitia-se, com o cartão de indígena, levantar produtos a crédito na loja dos Narotam, baneanes com cantinas espalhadas nos subúrbios da Malanga, Mafalala e Munhuana.

Antes de cruzar a cerca da casa, Sibuko teve ainda tempo de observar Namatuco de pé, perscrutando o canhoeiro, a árvore que não via há mais de quinze anos, e que servia, entre outras atividades do mundo espiritual, de travesseiro aos mortos. Deve estar a falar com os seus espíritos, pensou, de relance, e apressou-se, afastando outros pensamentos, a dizer por entre os dentes: "Tenho que tratar da vida destas mulheres." E dirigiu-se à praceta do fontanário, ao encontro de Mugoda.

## 9

As mulheres estranharam, ao clarear do dia 1 de agosto de 1911, a ausência de Debeza e da filha Esperança. Mas não se alarmaram tanto, pois pensaram que as saudades da terra eram tão fortes que Debeza teria caído na tentação de deambular pelos arredores, reexercitando a língua ronga, sua língua mãe, que adormecera durante os anos de exílio. Mas tal não fora o desígnio de Debeza, como viriam a constatar quando Namatuco se pôs a falar, depois de esquadrinhar, passo a passo, a terra solta, terra dos seus ancestrais, o chão que não pisava havia mais de quinze anos.

Na verdade, nem Phatina, nem Malhalha ou Lhésipe haviam tido oportunidade de assistir aos matinais e madrugadores passeios de Namatuco à volta da sua palhota cónica, por as mulheres do imperador nunca se terem permitido a troca de confidências nos respectivos lares. Elas encontravam-se, quando a ocasião assim o exigia, em espaços comuns e abertos, evitando o estreitamento de relações que pudessem desvendar as fragilidades do rei-imperador, ou os gostos íntimos, no recesso das grandes palhotas cónicas da vila particular de Ngungunhane.

Havia o mito de Namatuco levitar quando os espíritos, confluindo em força, invadiam apressadamente o corpo, tentando, à sua maneira, fazerem-se primeiro aos vivos. Contorcendo e distendendo nervosamente os músculos, como se atacada por mãos invisíveis e nervosas, ela levantava-se do chão por cerca de dez centímetros, e apertava dolorosamente os dentes, evitando que as vozes dos espíritos sem nome se soltassem do corpo e invadissem as casas, cometendo atropelias de toda a sorte no destino dos homens, mulheres e crianças. Nesses instantes de levitação, ela circulava, contrariamente ao ímpeto dos espíritos, à velocidade de um lagarto, em torno da palhota e à altura da paliçada que a resguardava dos olhares intrusos, ouvindo, com os braços fortemente cruzados sobre o peito, as recomendações e sentenças dos espíritos que a escolheram, qual oráculo, para servir, como privilegiada confidente, em matéria de profecias, ao rei marido que a ouvia e consultava com enorme preocupação. Outros, mais audazes, afirmavam que aos primeiros raios do Sol, Namatuco circulava totalmente nua em volta da palhota. Esse ato audacioso permitia que os espíritos se apossassem dela sem os constrangimentos terrenos de panos, colares, miçangas e pentes, e outros inoportunos adereços. Sem os resguardos terrenos, o corpo recebia com maior celeridade os raios que permitiam equilibrar o estado térmico do corpo totalmente arrebatado pelos espíritos carregados do frio das profundidades abissais. Verdade ou não, eram as versões que circulavam, à boca pequena, na corte já infestada de intrigas que a queda iminente do império provocava. O certo é que Namatuco suportava a ira, o contentamento, os conselhos e as sentenças dos espíritos avoengos e recentes, sem dizer palavra porque o seu destino era o de ouvir e transmitir aos vivos, no caso, o rei marido. Era a ponte, o elo entre os mortos e o imperador. Diferente de outros que entravam em transe para transmitir, em língua que não dominavam, os recados dos espíritos, Namatuco ouvia e transmitia, permitindo-se interpretar e comentar as mensagens. Os espíritos chegavam a ela falando a língua do seu domínio, tudo porque não se achava na classe dos curandeiros destinados a aprender o ofício de consultas e tratamentos em insuportáveis condições humanas. Ela nascera já com o dom de se ligar à terra nas primeiras horas de secura ou cacimba, e trazer ao corpo os espíritos. A ligação interrompia-se quando a chuva caía. Os espíritos recusavam-se a sair dos seus abrigos, argumentando que perdiam qualidade em contato com as águas que desabavam do céu, preferindo receber as mesmas águas em quantidades filtradas e sem a força com que desabavam sobre a superfície da terra. Não podiam encontrar-se sobre a terra. Os espíritos das profundidades e dos céus não podiam encontrar-se à superfície da terra. Que cada um escolhesse o momento de emergir ou descer. "Esse é o nosso pacto", diziam a Namatuco.

E nessa manhã de ligeiro vento de agosto, Namatuco, vestida com uma larga saia de cores mortas, uma blusa branca, o xale de cor negra e parda, circulava, a passo de camaleão, à volta do canhoeiro, com as mãos cruzadas atrás das costas, e o olhar fixo e atento aos pés descalços, ante o olhar suspenso de Phatina, Malhalha, Lhésipe e Oxaca, que a observavam, de pé, pela porta entreaberta e das duas janelas de madeira carcomida.

Era o cenário derradeiro, o primeiro e último ato a que as mulheres se davam o privilégio de assistir, esperando, inquietas, pelo desenlace, pelas linhas do destino que a terra lhes reservava. Namatuco circulava calmamente à volta do canhoeiro.

A cerca que delimitava a casa dava-se aos olhares dos madrugadores transeuntes dirigindo-se à cidade branca, ou aos que mais ao interior caminhavam, para o cultivo das machambas. Alguns paravam, meio incrédulos, pois nunca pensaram que Sibuko fosse homem de companhias femininas, de mulher fixa; outros, desconfiados, olhavam a mulher de meia altura com o cabelo levantado a meio da testa, a passear, serena, em volta do canhoeiro, e perguntavam-se se não era irmã ou outro familiar mais chegado. Achavam ser dever um simples gesto de cortesia, uma amabilidade de todas as latitudes, pelo menos em gente humilde, habituada aos desinteressados gestos de solidariedade e partilha de afetos, coisa comum por estas terras do Sul quando as pessoas se cumprimentam, ao alvor ou entardecer do dia, por entre os carreiros, e falam da família e da saúde e do trabalho e do tempo e das novidades da zona, das mortes e nascimentos, dos casamentos e divórcios. Tudo isto se resumia numa palavra tsonga sem igual na língua portuguesa, o kudrungulisa, que em tradução simples e redutora na língua de Camões seria cumprimentar, mas que por estas latitudes vai mais longe, carregando um ritual próprio, uma encenação que chega a ser partilhada por outros viandantes a cruzar os carreiros da vida, ampliando a conversa, aditando novidades, e, em respeito à pontuação, dizer, para concluir o parágrafo, a palavra em falta, e de muita valia ao entendimento humano: informar.

Para alguns, Sibuko já devia, em boa hora, ter feito o kudrungulisa com uma pessoa próxima, deixando a notícia espalhar-se, e as pessoas dizerem, com todo o vigor, que à casa do Sibuko havia chegado uma visita de senhoras estranhas na indumentária e no trato do cabelo, que viajaram em barco branco, descalças, como é comum nas pretas, de terras que levavam mais de um mês sulcando águas de profundidades insondáveis até se encontrar pouso firme; e essa terra, esse lugar distante e inacessível ao comum dos pretos habitando as palhotas e casas de caniço, era o lugar do pouso eterno dos ascendentes destes molungos, o mesmo que brancos, que aqui aportaram, tornando-se nos novos reis das terras outrora com pretos de todos os feitios no mando.

As pessoas paravam, observavam e avançavam, abanando a cabeça e murmurando algo inaudível. Namatuco prosseguia, imperturbável, na caminhada em volta do canhoeiro, tentando, com a ansiedade esperada, resgatar as virtudes perdidas, os dons que se perderam nas latitudes frias e não recuperados na ilha plantada no vasto e desconhecido oceano. Agora, mais confiante com os sinais que recebera ao transpor a Estrada da Circunvalação, Namatuco podia esboçar um disfarçado sorriso de confiança. As outras, as companheiras do exílio, mais expectantes, queriam a segunda cena do ato, a cena mais importante, esquecendo que Namatuco tinha que resgatar o tempo perdido, reencontrar os espíritos que a não visitavam há mais de quinze anos, restabelecer a ligação, o afeto com as almas que a haviam esquecido e outras que se sentiram menosprezadas, e tudo num remoinho de informações desencontradas a tentarem alinhar-se em tempo sem configuração na contagem dos vivos, na madrugadora manhã do dia 1 de agosto de 1911.

A um gesto de Namatuco, as mulheres aproximaram-se, ladearam-na e sentaram-se no arenoso chão com as pernas cruzadas e os calcanhares tocando as nádegas, e as mãos entrelaçadas por entre as coxas. O sol despontava no mar, mostrando o vasto subúrbio de casas de caniço e outras, melhoradas, de madeira com cobertura de zinco. Depois de acomodadas, e sem se preocuparem com as esteiras com que se serviram durante a noite, Namatuco sentou-se e disse, em voz suave, própria para os que à terra regressam depois de anos e anos de alegrias e angústias no exílio forçado:

– Os espíritos, minhas irmãs, saúdam-vos com redobrado entusiasmo, pois conseguistes regressar à terra que vos tiraram, ao chão de que nunca devíeis ter saído. Eles não se preocuparam e nem se ofenderam com a vida a que foram obrigadas a seguir por esse mundo onde aportaram; daí não ter havido necessidade de Debeza fugir à verdade que não sabiam, pois em terras de Monsanto ela se amancebara com o príncipe Godido que, por sinal, viria a morrer precisamente no dia em que chegamos a estas terras. Os tremores a que fomos acometidas a bordo do paquete *África* era o inequívoco sinal do perecimento de Godide,

príncipe herdeiro de Ngungunhane, vítima da doença do peito. A ele se seguirá, nos próximos meses, o molungo, vencido pela idade. O Nwamatibjwana, o chefe dos Zilhalha, ainda formará família entre os brancos. Debeza, minhas irmãs, não resistiu aos encantos de Godide. Eles encontravam-se por entre as paredes do Forte de Monsanto.
— Quem imaginaria! — adiantou Lhésipe, espantada com a notícia, e aliviada, como as outras, com as introdutórias palavras de Namatuco.
— Adiante, Namatuco — disse Malhalha, ansiosa pelo futuro.
— Não te preocupes, Malhalha — avançou Namatuco, já a emocionar-se. — O teu futuro está traçado. Irás viver em Xai-Xai e, a teu modo, conviverás com os brancos que cuidarão do teu filho e te chamarão de rainha porque o governador local convenceu-se de teres tido estreitos contatos, na capital do império, com o rei Dom Carlos, tristemente assassinado, a um de fevereiro de mil novecentos e oito, na Praça do Comércio, ao tempo Terreiro do Paço. Serás a preta rainha, Malhalha! E tomarás o chá da tarde com o governador que te ofertará um serviço completo de chá e toalhas e mesas e cadeiras apropriadas. E serás adulada pelos pretos que te chamarão molungo, o mesmo que branco. A tua esforçada capacidade em captar outros valores, tornar-te-á exímia, entre os indígenas, no trato da língua portuguesa, porque a tua preocupação, o teu maior desejo, é ver o teu filho, João Samakuva Gomes, triunfar no mundo dos brancos, assimilando valores que o tornarão chefe de posto de um concelho de administração sem visibilidade no mapa do distrito de Xai-Xai. E terás netos e bisnetos que se tornarão régulos até à triunfal entrada de outros mandantes que sem pejo chamarão aos teus herdeiros de colaboradores do regime caído, de inimigos de um tempo que se quererá novo, de novo. Mas

serás, nesse vindouro tempo, cinza e sem memória registrada nos livros terrenos.

E tu, Lhésipe, mulher de tantas graças, o destino prender-te-á a Chibuto. Encontrarás os teus labutando a terra e vivendo do seu próprio suor. A tua filha casará com um branco comerciante e criador de gado de vasta fortuna. O teu filho afastar-se-á da terra, em claro desentendimento com o cunhado comerciante, e tentará a sorte na capital Kapfumo, como os indígenas chamarão à cidade de Lourenço Marques, sem a devida escolarização. Deambulará pela cidade branca, trabalhando como estivador, no cais da nossa chegada. Na verdade, Lhésipe, não te preocuparás tanto com estes filhos do exílio porque terás outros, em número de sete, com dois homens que morrerão de tuberculose, por clara incapacidade de suportarem as profundidades das minas de ouro da África do Sul. Serás a eterna viúva de Chibuto, sempre com esse cândido sorriso e perguntas inocentes.

A ti, Oxaca, os espíritos colocam-te nesta preta cidade a contares histórias reais e irreais dos tempos vividos em outras latitudes. O teu futuro ofício não tem nome preciso nas nossas línguas porque praticarás o que nunca fizemos: a venda do sexo alheio. Terás o que eles chamam de serralho em local não distante desta casa que herdarás do Sibuko, homem a quem não conseguirás reter porque seguirá com o seu branco para as terras de Inhambane, servindo até à morte o patrão branco. Serás sempre a mulher sáfara do Nwamatibjwana, o Zilhalha, como os Portugueses o chamavam. E por não teres descendência, adotarás as crianças abandonadas por mulheres do teu lupanar. A tua simpatia, o teu ar sempre atento à vida alheia, permitir-te-á viver sem conflitos neste subúrbio em expansão. Gozarás a tua velhice bebendo a cerveja do branco e comendo a verdura crua, misturada com tomate e cebola e óleo e vinagre e sal, com peixe frito à mistura. Assumirás sempre a tua postura ronga de poucos sacrifícios e muita gozação. E serás feliz à tua maneira.

Tu, Phatina, terás o destino marcado pela emigração. O teu filho, Tulimahanche, o mesmo que poeira de cavalos, espera-te em terras de Gaza. Diferente de outros filhos do Ngungunhane, o Tulimahanche assumiu a vida política, tornando-se num ativo opositor à presença portuguesa em território outrora do pai imperador. Vive na clandestinidade, receando que os Portugueses o aprisionem e desterrem para terras mais a norte. Os espíritos ainda o protegem, e ele sabe, pelas consultas aos ossículos, da tua chegada. Partirão para as terras de Spelonken, local de grande concentração de centenas de milhares de emigrantes de Gaza, e de familiares de Ngungunhane. Tulimahanche, na senda do pai, será um dos chefes dos grupos de exilados. Mas não terá território a seu mando porque o tempo já não é dos pretos, mas dos brancos que governam e impõem a sua cultura. Os sabores, Phatina, serão o chamariz à tua casa. Mas só comerás o peixe do teu agrado no recato da tua casa e longe, mas longe do olhar do teu filho que perdoará a quebra do interdito por teres sido exilada e sujeita a bárbaros costumes, ignorando ele que te abeiraste a esses sabores por livre iniciativa. Mas serás feliz na companhia do teu filho. E como sempre não conhecerás outro homem. A culinária será o eterno prazer da tua vida.

– E tu, Namatuco? Que destino te espera? – perguntaram, quase em uníssono.

Namatuco manteve-se, por momentos, em silêncio, olhando o semblante descontraído das mulheres à sua volta. Sentiam-se relaxadas com as suaves notícias trazidas pelos espíritos. Eram as grandes linhas do destino, leituras semelhantes à dos curandeiros em genérica consulta aos ossículos. De fora, ficaram os detalhes que não interessavam ao momento vivido.

Olhando fixamente para Phatina, Namatuco transmitiu o que os espíritos disseram:

– Irei habitar em Chaimite, terra de repouso dos nossos ancestrais. Não é surpresa para vocês este meu destino. Cuidarei da terra sagrada do Soshangane Nhumayo, fundador do império de Gaza. E quando tiverdes tempo de me visitar, terei a alegria de vos contar o que por lá andam os espíritos pensando. Não sou, e nem serei, pessoa à semelhança dos ulóis, os chamados feiticeiros, como muitas de vocês receavam que fosse. O meu destino é desfiar o fio da vida.

Na verdade, Namatuco diferia, de todo, das mouras da mitologia grega. Era, em parte, como a Cloto, tecendo o fio da vida, mas não a Láquesis atribuindo a sorte à vida, e muito menos a Átropos cortando o fio da existência. Namatuco só fazia chegar aos humanos o que os espíritos ditavam quando se entranhavam pela planta dos pés em madrugadoras manhãs sem chuva.

Ao ato de Namatuco se levantar, dando por terminada a sessão, as outras seguiram o exemplo, abrindo-se umas às outras, em completa paz de espírito. Não perguntaram a Namatuco o que os espíritos pensavam do provável temor que delas se apossara ao saberem do demente passeio dos maus espíritos nguni em leitos alheios pela madrugada. Preferiram ater-se ao futuro a fazê-lo ao presente vivido na periferia da cidade. No fundo, sabiam-se protegidas pelos bons espíritos da boa nova. E foi com essa alegria matinal que se entregaram ao preparo do pequeno-almoço.

No outro lado da Estrada da Circunvalação, o governador, servido pelos habituais empregados pretos vestidos de libré e com luvas brancas, tomava o fausto pequeno-almoço no andar térreo do Palácio da Ponta Vermelha, residência oficial dos governadores-gerais, como já fora dito.

Sibuko, com a pontualidade de sempre, servia o pequeno-almoço feito de dois ovos estrelados, três fatias de pão, um copo de água, um café com leite, e, a finalizar, como hábito arraigado do almoxarife Antônio Antunes, um copo de vinho tinto. Durante o rápido pequeno-almoço, o almoxarife descarregou a bateria de perguntas sobre as tais mulheres, querendo saber de detalhes e costumes, ao que Sibuko respondeu em monossílabos, terminando por dizer estarem elas de passagem, e que se hospedaram em casa de um amigo casado, informação tranquilizadora ao almoxarife que não mais se fez ao assunto.

Fora, e partindo da Avenida Pinheiro Chagas, no alto da ribanceira da Maxaquene, lá para as zonas do Quartel do Alto Maé, o elétrico iniciava a descida pela Avenida Central, em direção à Avenida da República, em plena Baixa, com os passageiros distribuídos segundo a cor e o estatuto social. Na Baixa, e ao longo do ramal da Polana, já se ouviam os sons dos martelos e picaretas e os compassados cantos dos trabalhadores indígenas. No cais, os estivadores descarregavam a mercadoria do paquete *África*. Na Rua Araújo, empregados lavavam o chão impregnado do irritante cheiro da cerveja podre. Os ardinas anunciavam já pelas artérias da cidade, o bissemanário *The Lourenço Marques Guardian*, jornal bilíngue, inglês-português, de saída regular no meio de grande inconstância editorial.

Para além da Estrada da Circunvalação, as mulheres do imperador serviam-se, com moderação, da mandioca seca com água do fontanário próximo, enquanto aguardavam pela cozedura da mandioca em panela assente em três pedras. A manhã instalara-se.

O império de Gaza, esse império que o militar, escritor e político Ayres d'Ornellas, nas *Cartas de África*, anotara, em raro instante de inspiração, como "Nada no momento pode dar uma pálida ideia da magnificência do hino, da harmonia do canto, cujas notas graves e profundas vibradas com entusiasmo por seis mil bocas faziam-nos estremecer até ao íntimo. Que majestade, que energia naquela música ora arrastada e lenta, quase moribunda, para ressurgir triunfante num frémito de ardor, numa explosão queimante de entusiasmo! E à medida que as mangas se iam afastando, as notas graves iam dominando, ainda por largo espaço, rebolando pelas encostas e entre as matas de Manjacase. Quem seria o compositor anônimo daquela maravilha? Que alma não teria quem soube meter em três ou quatro compassos, a guerra africana, com toda acre rudeza da sua poesia? Ainda hoje nos "cortados ouvidos me ribomba o eco do terrível canto de guerra vátua, que tantas vezes o esculca chope ouviu transido de terror, perdido por entre as brenhas destes matos..."

Esse vasto império, que perdurara por longos setenta e cinco anos, morrera definitivamente. E nascia, de fato, um Moçambique a manter-se por largos oitenta anos. Outros moçambiques evoluiriam no território talhado a régua e esquadro.

# As Mulheres do Imperador: entrelaces de Histórias e Estórias

Ao reunir em um só volume, sob o título *Gungunhana – Ualalapi e As mulheres do Imperador*, dois romances em torno de Ngungunhane, o imperador de Gaza, o escritor Ungulani Ba Ka Khosa propõe uma desconstrução crítica da controvertida figura do imperador, tão contestada pelo colonialismo, quanto louvada pelos que lutaram pela independência de Moçambique. Trinta anos separam a publicação dessas duas narrativas – *Ualalapi* (1987) e *As mulheres do Imperador* (2017) –, o que possibilita um distanciamento capaz de propiciar uma leitura questionadora de dois significativos momentos históricos moçambicanos: o do poder e queda, em 1895, de Ngungunhane – abordados em *Ualalapi* – e o da história de Moçambique colonial do início do século XX, ficcionalmente narrada pelo romance mais recente, a partir das vidas das viúvas do imperador, após o retorno delas do exílio, em 1911.

Ungulani, ao principiar *As mulheres do Imperador* com instigantes epígrafes sobre a memória, traz à discussão a polivalência do conceito de "verdade histórica", ratificando quão ambivalentes são tais "verdades", uma vez deslizarem, constantemente, entre o real e o ficcional. Deixa evidente que muito depende dos olhares dos leitores, de sua capacidade hermenêutica, a construção das "verdades históricas", levando-se em consideração inexistirem pontos de vista únicos. Memória e esquecimento fazem parte da "oficina da história" e de sua relação com a literatura, a geografia, a etnografia e com outras ciências e artes.

As histórias e estórias do imperador de Gaza e de suas mulheres, com compassados movimentos, são tecidas por um discurso literário aberto a múltiplas "verdades". As sete mulheres de Ngungunhane –

Phatina, Malhalha, Namatuco, Lhésipe, Fussi, Muzamussi e Dabondi –, aquando da queda do imperador, foram, em 1896, exiladas junto com este para Lisboa e, depois, para os Açores. Diferentemente de Ngungunhane que aí foi mantido até sua morte em 1906, as mulheres, forçadas a deixarem os Açores, seguiram para novo exílio em São Tomé, onde viveram até 1911, ocasião em que conseguiram regressar a Lourenço Marques. Entretanto, das sete mulheres só quatro – Phatina, Malhalha, Namatuco, Lhésipe – voltaram a Moçambique, acompanhadas de Oxaca e Debeza, estas mulheres de Zilhalha, súdito de Ngungunhane.

A narrativa de *As mulheres do Imperador* começa, justamente, com esse retorno das quatro mulheres de Ngungunhane a Lourenço Marques. Decorridos quinze anos fora de terras moçambicanas, regressaram a bordo do paquete África a um Moçambique colonial, pressionado, ao mesmo tempo, por interesses portugueses e capitais ingleses. Essas mulheres, segundo entrevista do próprio escritor Ungulani Ba Ka Khosa, "queriam regressar à terra, mas não sabiam que a terra se chamava Moçambique. Para elas, Moçambique nunca existiu, existia apenas o império de Gaza em que tinham vivido"[1].

O narrador vai delineando a cartografia da cidade de Lourenço Marques, nas primeiras décadas do século XX, sob o jugo do colonialismo português. Ele vai mostrando como os espaços eram demarcados: o dos brancos, o dos negros, o dos orientais – indianos e chineses – com suas especiarias e cheiros, o da prostituição – a Rua Araújo, conhecida como "Rua do Pecado", onde, no início do colonialismo, só brancas e mestiças podiam oferecer seus corpos a marujos de diferentes nacionalidades. À medida em que narra, vai apreendendo, também, referências culturais da época, ressaltando,

---

[1] KHOSA, U. B. K. "A memória é sempre costurada. É preciso escangalhá-la para abrir caminhos". Entrevista a Nuno Ramos de Almeida. Lisboa, 03 abr. 2018. Disponível em: <https://ionline.sapo.pt/606664> Acesso em: 14 jun. 2018.

entre outras, a importância do bilinguismo do jornal *O Africano*, dos irmãos Albasini. Tais cartografias expressam contradições não só espaciais, como de classe, gênero e poder. Cartografias que nos dizem de margens, de mulheres que, embora rainhas, se encontravam, em suas culturas, nas franjas do domínio masculino, mas que conseguiram fugir dos limites e, pelas fronteiras do poder, provocaram, de alguma forma, rupturas em relação às cristalizações sociais impostas.

O regresso das mulheres do imperador a Lourenço Marques leva o olhar atento do narrador a descrever o cenário que elas encontraram: uma cidade cindida, conforme observa o escritor Ungulani na entrevista já mencionada:

> Havia, na altura, a estrada da Circunvalação, que dividia a parte branca da negra – parte branca, é como quem diz, porque existia uma grande comunidade chinesa e indiana que ocupava uma grande parte da cidade. E aqueles conflitos, no primeiro ano da República [portuguesa], em 1911, retratam um pouco isso. E depois havia a parte negra, que era do outro lado, onde elas sentem que estão de regresso à terra que é o espaço delas modificado[2].

Chamando atenção para a pujança da cidade colonial, com seu desenvolvimento, suas diversidades, sua economia, seus usos, costumes e, também, para muitos preconceitos e estereótipos, a instância narracional vai, criticamente, evidenciando a oposição existente entre o passado de poder do imperador – denominado o "Leão de Gaza" –, entendido como tempo da barbárie, e a colonização lusitana, compreendida como engenho e acesso à civilização.

Também são assinaladas no romance contradições percebidas a partir de atitudes e práticas exercidas pelas mulheres de Ngungunhane, principalmente, após sua morte. Nos comporta-

---

[2] *idem, ibidem.*

mentos destas são depreendidos jogos de poder, questões étnicas, desejos, novos interesses. Phatina, Malhalha, Namatuco, Lhésipe choram e recordam Ngungunhane. Debatem e se perguntam: que futuro teriam sem seu rei, elas que foram rainhas de um vasto império? Recorrendo às tradições, Namatuco, por meio de adivinhações dos espíritos ao redor do canhoeiro, vaticina acerca dos papéis e da vida de outras mulheres do imperador. O narrador, por meio de referências a documentos históricos, vai mencionando, com olhar crítico, a África dos colonizadores; a do governador-geral Mouzinho de Albuquerque, responsável pela prisão e exílio de Ngungunhane; a de Ayres d'Ornellas, militar português que empreendeu campanhas contra o imperador de Gaza e escreveu *Cartas de África*; a África dos relatórios e decisões dos que dominam. Mostra, não obstante, a partir do ponto de vista das viúvas do imperador, que existia uma outra África, misteriosa e profunda, a África de Namatuco, com suas crenças e profecias animistas.

O poder, emanado da figura autoritária e tirana de Ngungunhane, vai sendo, desse modo, subvertido pelos discursos e atitudes de suas mulheres. A instância narradora assinala a soberania masculina, porém, ao mesmo tempo, insinua como o feminino, por vezes, foi capaz de burlar o domínio másculo: "A palavra está para os homens, como o olhar, a linguagem das luzes e das sombras, para as mulheres"— comenta o narrador, na parte 6 do romance, referindo-se à Debeza que soube esconder seu adultério com o príncipe Godide. Essa cartografia do olhar, da memória e da imaginação traz lembranças que escrevem uma história no feminino, uma história que dá voz às mulheres de Ngungunhane, até então esquecidas sob a poeira dos tempos. O romance *As Mulheres do Imperador* comprova que, mesmo em um universo predominantemente masculino, essas mulheres conseguiram desvelar outras versões possíveis da história.

Ba Ka Khosa, em seu percurso literário, efetua uma reescrita de Moçambique pelo jogo entre história e ficção, entre tradição e modernidade, entre narrativas imaginadas e episódios históricos ocorridos, entre versões da oralidade e da história oficial. Optando, no título *Gungunhana: Ualalapi e As mulheres do imperador*, pela grafia portuguesa da época – Gungunhana –, e usando, na escrita dos romances, Ngungunhane – que, graficamente, reproduz a forma oral, ou seja, a pronúncia própria da língua *nguni* –, Ungulani, intencionalmente, expressa a dualidade de pontos de vista, demonstrando que não existe uma única versão histórica.

Entrelaçando literatura e história, repensa Moçambique pela voz dos que estão à margem do poder, joga com a sedução e o fascínio que o domínio da escrita literária pode oferecer tanto ao escritor como ao leitor. Este, com certeza, irá se encantar não só pelo prazer de decifrar a polêmica figura do imperador, mas também as vidas e as histórias de suas mulheres.

Rio de Janeiro, 18 de junho de 2018.

**CARMEN LUCIA TINDÓ SECCO**
Professora Titular de Literaturas Africanas de Língua Portuguesa da
UFRJ (Universidade Federal do Rio de Janeiro), pesquisadora do
CNPq (Conselho Nacional de Desenvolvimento Científico e Tecnológico) e da
FAPERJ (Fundação de Amparo à Pesquisa do Estado do Rio de Janeiro)

# O autor

**UNGULANI BA KA KHOSA**, nome tsonga (grupo étnico do sul de Moçambique) de **Francisco Esaú Cossa**, nasceu a 1º de Agosto de 1957, em Inhaminga, distrito de Cheringoma, província de Sofala, Moçambique. Professor de carreira, exerceu funções importantes em Moçambique como as de Diretor do Instituto Nacional do Livro e do Disco e Diretor Adjunto do Instituto Nacional de Cinema e Audiovisual de Moçambique. Durante a década de 1990, foi cronista assíduo de vários jornais. Foi Secretário-Geral da Associação dos Escritores Moçambicanos (AEMO) e Diretor do Instituto Nacional do Livro e do Disco (INLD).

### Obras do autor

1987 - *Ualalapi*. Maputo: Associação dos Escritores Moçambicanos.
1990 - *Orgia dos loucos*. Maputo: Associação dos Escritores Moçambicanos.
1993 - *Histórias de amor e espanto*. Maputo: INLD.
2002 - *No reino dos abutres*. Maputo: Imprensa Universitária.
2005 - *Os sobreviventes da noite*. Maputo: Texto Editora.
2008 - *Orgia dos loucos*. Maputo: Alcance.
2009 - *Choriro*. Lisboa: Sextante Editora.
2012 - *O rei mocho*. Contos de Moçambique. Maputo: Escola Portuguesa de Moçambique.
2013 - *Ualalapi*. Belo Horizonte: Nandyala.
2013 - *Entre as memórias silenciadas*. Maputo: Texto Editora.
2016 - *O rei mocho*. Contos de Moçambique, v. 1. São Paulo: Kapulana.
2016 - *Orgia dos loucos*. São Paulo: Kapulana.
2018 - *Gungunhana*. Porto: Porto Editora; Maputo: Plural Editores.

| | |
|---|---|
| fontes | Gandhi Serif (Librerias Gandhi) |
| | Montserrat (Julieta Ulanovsky) |
| papel | Pólen Soft 80 g/m² |
| impressão | BMF Gráfica |

**Destaques/prêmios**

1990 - Grande Prémio de Ficção Narrativa, com *Ualalapi* (1987).
1994 - Prémio Nacional de Ficção, com *Ualalapi* (1987).
2002 - Um dos 100 melhores romances africanos do século XX: *Ualalapi* (1987).
2007 - Prémio José Craveirinha de Literatura, com *Os sobreviventes da noite* (2005).
2013 - Prémio BCI de Literatura, com *Entre as memórias silenciadas* (2013).
2018 - Ordem de Rio Branco, "Grau de Comendador", concedido pelo governo brasileiro, através do decreto de 18 de abril de 2018, pelos 30 anos de carreira literária, iniciada com a publicação de *Ualalapi*, em 1987.

Tem forte vínculo com a cultura brasileira, tendo participado de vários eventos culturais e acadêmicos no Brasil, como FlinkSampa (São Paulo - SP), Afrolic (Recife - PE), FliPoços (Poços de Caldas - MG), USP (São Paulo - SP) e Unicamp (Campinas - SP).